双葉文庫

八丁堀の狐

鬼火

松本賢吾

目次

八丁堀の狐　鬼火《おにび》

第一章　贋《にせ》　狐《ぎつね》

一

柳原《やなぎわら》土手の柳が芽吹いていた。

両国薬研堀《やげんぼり》にある「四つ目屋忠兵衛」の猪吉《いのきち》は、閨《ねや》の媚薬《びやく》、秘具という「魂胆《こんたん》遣曲道具《やりくりどうぐ》」を詰めた行李《こうり》を背負って、神田川の新シ橋《あたらしばし》、和泉橋、筋違御門《すじかいごもん》内の八ツ小路を過ぎ、昌平橋《しょうへいばし》を渡った。

猪吉の足取りは弾んでいた。

〈今日こそは絶対に……〉

心が躍った。

〈根津《ねづ》の辰三《たつぞう》親方の弟子にしてもらうぞ〉

湯島の聖堂、神田明神、妻恋稲荷、湯島天神、不忍池《しのばずのいけ》を横目に眺めて通り過ぎ、躑躅《つつじ》見物の参詣人で賑わう、根津権現の門前に着いた。

猪吉が目指す鼈甲《べっこう》職人・根津の辰三の細工場《さいくば》は、江戸で有数の岡場所、根津門前町の裏通りにあった。

〈この広いお江戸で、鼈甲の張形《はりがた》を造らせたら……〉

猪吉は目を輝かせ、胸を張る。

〈根津の辰三親方の右にでる者はいねえぜ〉

根津の辰三が造る鼈甲の張形は、外皮が薄くて弾力性に富み、内側の空洞に微温湯《ぬるまゆ》を注ぐと、本物そっくりに怒張した飴色の魔羅《まら》が、熱を帯びて脈打った。

〈いつかおれも、こんな見事な張形を造る、鼈甲職人になってみてえ!〉

二十歳の猪吉が、生まれて初めて、将来なりたいと思うものに出合った瞬間だった。

猪吉は孤児《みなしご》だった。

両親の名も顔も知らず、物心がついたときには、浅草奥山の仏《ほとけ》の善八《ぜんぱち》という掏《す》摸《り》の親方に育てられていた。

親方の家には、やはり孤児で、猪吉より三つ年上のお吉《きち》と、一つ年下の鹿蔵《しかぞう》、二つ年下の蝶次《ちょうじ》がいて、血の繋がらない四人が仲の良い姉弟のようにして育てられ、親方から掏摸の技を厳しく仕込まれた。

ところが、猪吉が十歳のとき、親方である仏の善八が浅葱裏《あさぎうら》（田舎侍）の財布を掏ろうとしてしくじり、その場で斬られて死んだ。

「これからは、姉のあたいが……」

親方の通夜の席で十三歳のお吉が言った。

「弟のあんたたちを育ててあげる」

それから七、八年の間、お吉は背に弁天さまの刺青《いれずみ》を入れ、浅草奥山の女掏摸「弁天お吉」として悪名を売り、弟分の猪吉、鹿蔵、蝶次も一人前の掏摸に育っていった。

そんなある日、降って湧いたような成り行きで、お吉が掏摸の足を洗って「四つ目屋忠兵衛」を継ぐことになり、猪吉たち三人もいっしょに四つ目屋の奉公人になった。

おまけに男嫌いのはずの弁天お吉が、八丁堀の狐こと北町奉行所与力の狐崎《こざき》十蔵《じゅうぞう》にぞっこん惚れて、四つ目屋の商売の傍《かたわ》ら、お上の御用の手伝いをするようになった。

〈おれは掏摸でも、四つ目屋でも、八丁堀の狐の手下でも、もっと他のことでも、おれたち三人の義理の弟を体を張って育ててくれた、お吉姐御がやることなら何でも一緒にやるが……〉

猪吉は胸中で呟《つぶや》いた。

〈いまひとつ、夢中になれねえ。なにか、こう、物足りねえ気がするんだ。どうせなら、ぞくっと体が震えるような、本当に好きなことをやってみてえ〉

そんな思いを抱いていたときに、根津の辰三が造ったという、最高級の鼈甲の張形に出合ったのだ。

文字どおり、ぞくっと体が震えた。

〈こ、これだ!〉

心も震えた。

〈やっと心から好きなことを見つけたぞ!〉

猪吉は魅入られたように飴色の魔羅を眺めて胸を熱くした。が、根津の辰三には、すげなく弟子入りを断られた。

「白河さま（松平定信《さだのぶ》）の寛政《かんせい》の改革で、鼈甲細工の櫛《くし》、笄《こうがい》、簪《かんざし》が贅沢《ぜいたく》品として槍玉にあげられた。鼈甲の笄と簪をさして歩いていた大店《おおだな》の娘が、見せしめに牢に入れられたりして、ぱったりと注文が途絶えちまった……」

根津の辰三は、目を三角にし、恨みがましく言い募《つの》った。

「そのためにわしら鼈甲職人は干上がってしまい、これまでは見向きもしなかった水牛や象牙の角《つの》細工で糊口《ここう》をしのいでいるといった按配《あんばい》だ。口惜《くや》しいが、もう、鼈甲細工師が持て囃《はや》された時代は終わったってことよ」

「じゃ、親方はもう、鼈甲の張形は造らねえんですか？」

「そうじゃねえ。造りたくたって、お咎めが怖くてどこからも注文が来ねえだろうし、でえいち、肝心のタイマイ（ウミガメの一種）の甲羅が手に入らねえってことよ」

じつは、鼈甲が鼈《すっぽん》の甲羅《こうら》というのは真っ赤な嘘で、本当は長崎貿易でしか手に入らないタイマイの甲羅だった。

先輩の鼈甲職人たちが、知恵を絞ってタイマイの甲羅をスッポンの甲羅と言い逃れたものが、そのまま広まってしまったのだ。

「それじゃ、親方、もしおれが注文をとって、鼈甲を持ってきたら、張形を造ってくれますか?」

「ふん、いいぜ、四つ目屋忠兵衛の猪吉さん……」

根津の辰三が鼻に皺を寄せて微笑《わら》った。

「どうせ無理とわかっちゃいるが、世の中にゃ瓢箪《ひょうたん》から駒ってこともある。当てにせずに待ってるぜ」

それが半年前のことだった。

猪吉が「魂胆遣曲道具」を担いだ姿で、通りから細工場を覗くと、根津の辰三は両肌《もろはだ》を脱ぎ、鋸《のこぎり》で水牛の角を切っていた。

玉の汗を浮かべた上半身は逞しいが、不機嫌な顔の辰三は、四十も半ばを過ぎた醜男《ぶおとこ》で偏屈な職人だった。

〈男は姿や顔じゃねえや……。親方のように腕を磨きゃあ、誰にも一目置かれる男になれるんだ〉

猪吉もずんぐりむっくりの体型で、あばた面の不細工な顔をしていた。だから、醜男の辰三を見ていると、名も顔も知らない実の父親のような親しみを覚えるのだった。

「親方！」

猪吉が弾んだ声をかけた。

「おう、猪吉さんか。入《へえ》んな……」

辰三が鋸をおき、手拭で首筋の汗を拭った。

「あれっきり半年も顔を見せねえんで、もうここへは来ねえだろうと思っていたんだぜ。案外元気そうだが、張形の注文はとれたのかい？」

猪吉は、にっこりと会心《かいしん》の笑みを浮かべた。

「はい、とれました。それも三本も……」

「へえーっ、そいつは魂消《たまげ》たぜ。このご時世に鼈甲の張形を三本も注文するとは、いってえ、どういう顧客だい？」

「大奥《おおおく》のお中臈《ちゅうろう》さまです」

「なるほど……」

辰三が納得して、しきりに頷く。

「大奥だけは寛政の改革の倹約令もどこ吹く風だったと聞く。さすが四つ目屋の元祖だけあって、猪吉さんが奉公する四つ目屋忠兵衛は、安全な顧客を持っているようだ。それで……」

辰三が猪吉の背に目を遣《や》った。

「材料の鼈甲はあるのかい？」

「もちろん、持ってきました」

猪吉は行李を下ろすと蓋を開け、「長命丸《ちようめいがん》」「女悦丸《によえつがん》」「張形」「りんの玉」などの底に、古綿にくるんで大切に詰めてきた、同量の金無垢《きんむく》よりも高値だというタイマイの甲羅を取り出した。

「ほう、こいつは上物だ！」

根津の辰三が感嘆の声をあげた。

「この鼈甲は、黄色みが広く、半透明で、肉が厚い。これなら最高の張形が造れるぜ」

鼈甲の張形は、加熱して柔らかくしたタイマイの甲羅を薄く削って、熱くした鏝《こて》で貼り合わせて造るのだ。

「お、親方、おれに……」

猪吉はこの機を逃さずに、再度切り出した。

「鼈甲の張形の造り方を教えてくれませんか」

「猪吉さん、おめえ……」

辰三が迷惑げに顔をしかめ、訊いた。

「歳はいくつだい？」

「二十歳《はたち》です」

「鼈甲職人になるにゃ、ちっとばかし、遅すぎるぜ。

　これは意地悪で言ってるんじゃねえ。人間の体ってのは十五、六歳を過ぎると、指の骨が固まっちまって、いくら仕込んでも器用に動かせるようにはならねえんだよ。

　猪吉さん、悪いが、諦めてくんな」

　猪吉は黙って右手を差し出した。

「ん？」

　辰三が、猪吉の異様に発達した、利き腕の人差指と中指を見て驚く。

「これは職人の手だ。しかも、鍛え抜かれている。が、それがどんな職人か、見当がつかねえ」

　猪吉は微笑み、人差指と中指で鼈甲を挟むと、軽々と持ち上げて、すうーと移動させて見せた。

「三歳のときから、砂に指を突っ込んで鍛えました。指の力の強さ、指の動きの器用さなら、自信があります」

「てえしたもんだ」

辰三が感心し、訊いた。

「で、何の職人だったんだい？」

「掏摸です」

猪吉は悪びれずに答えた。

「へえっ！　掏摸だって！」

辰三が素《す》っ頓狂《とんきよう》な声をあげた。

「わははは、こいつは愉快だぜ。猪吉さん、おめえはその二本の指で、他人《ひと》さまの懐《ふところ》の財布を挟みとっていたのかい。

うふふふ、わしに言わせりゃ、掏摸だって立派な職人技だ。指先を鍛えてなきゃ、できねえからな。

こいつは参ったね。断る理由がなくなっちまったぜ」

「そ、それじゃ、弟子に……」

「いいぜ、猪吉さん。おめえにわしが工夫した鼈甲の張形の造り方を教えてやろう。と言っても、これまで誰にも見せたことがなかった、わしが張形を造るところを見せてやるだけだ。見て、盗め！　それでいいかい？　嫌なら、諦めてもらう」

「は、はい！　おれ、見て、覚えます。それで、親方、いつから仕事に掛かるんですか？」

すると、根津の辰三が、勿体《もったい》ぶった顔で大見得を切った。

「張形は大きさや形じゃなくて、使用したときの味が勝負だ！　そのためには、三日三晩参籠《さんろう》して、観音さまをとっくりと拝まなきゃ、魂を込めた張形は造れねえ！」

猪吉は苦笑を洩らす。親方がどこへ参籠するか知っていたからだ。

むろん根津神社ではない。神社前の岡場所だ。

根津神社前の岡場所、根津門前町は、天明《てんめい》期（一七八〇年代）には吉原の花魁《おいらん》道中と張り合って、惣門内《そうもんうち》を着飾った遊女が八文字で道中をしたという。

江戸の岡場所でそんな真似ができたのは、天下の根津だけだ。それもこれも、六代将軍家宣《いえのぶ》公の産土神《うぶすながみ》という、徳川家に縁の深い神社のご威光だった。ゆえに根津門前町は寛政の改革で廃せられることもなく、殷賑《いんしん》を極めていた。

「で、いつものように……」

と、一転して辰三は声を小さくした。

「手間賃の半金、先にもらえるだろうか」

根津の辰三の手間賃は、張形一本が三両。三本で九両だ。べらぼうに高い。が、根津の辰三が造った張形は、十両で飛ぶように売れた。だから決して高い手間賃とは言えず、半金の先払いも先刻承知のことだった。

「はい、店から預かって参りました」

猪吉は行李の底に入れた財布から、お吉から預かった四両二分を取り出し、辰三に渡した。

「ありがてえ！」

相好《そうごう》を崩した根津の辰三が、真顔になった。

「当代の四つ目屋忠兵衛は、お吉という二十代前半の色っぽい年増女と聞いたが、ご禁制のタイマイの甲羅の調達といい、安くない手間賃の半金の前払いといい、なかなかどうして、先代の忠兵衛に勝るとも劣らぬ度胸の持ち主と見た。違うかい？」

「うちの旦那さまは……」

猪吉が得意そうに、人差指で鼻の下を擦った。

「浅草奥山でその名を売った、弁天お吉という女掏摸だったんです。男勝《おとこまさ》りの度胸と情けの深さじゃあ、このお江戸でお吉姐御《あねご》の右に出る者はいねえでしょう」

「ひゃははは、またまた吃驚仰天《びっくりぎょうてん》、魂消たぜ。だけどそこまでなるには、並大抵の苦労じゃなかったはずだ。気に入ったぜ」

根津の辰三は微笑《わら》ってタイマイの甲羅を細工場の棚の奥に仕舞いながら、さりげなく言った。

「わしは今後、鼈甲の張形を造るのは、四つ目屋忠兵衛のためだけにしよう。余所《よそ》の注文は引き受けねえ」

「お、親方！」

猪吉は喜びに瞼《まぶた》を熱くし、声を詰まらせた。

「なんでえ、なんでえ、男が涙なんか……」

根津の辰三が、わざとのように乱暴な口を利いた。

「それじゃ、三日したら、夜になってからでいいから、ここへ来てくんな。次の日の夜明けから仕事を始める。

もしわしがいなかったら、根津門前町の『大根《だいこん》や』に迎えに来てくれ。敵娼《あいかた》は、お蓮《れん》という年増の女郎だ。不器量で愛想のない女郎だが、あそこの具合がいい。ふふ、わしの弟子なら、そんな嫌な顔をするねえ。さあ、もう用は済んだ。とっとと帰《けえ》んな」

「はい、三日経ったら必ず来ます」

猪吉は、「魂胆遣曲道具」の行李を担ぐと、足どりも軽く辰三の細工場を出た。

二

その日、猪吉は八つ半（午後三時）ごろに、着替えを入れた風呂敷包みだけを持った身軽な恰好で、根津の辰三の細工場に着いた。

辰三親方は岡場所の参籠を終えて帰って来ているらしく、表戸が半分ばかり開いていた。

〈助かったぜ。『大根や』へ迎えに行かなくてもよさそうだ〉

猪吉は、ほっと息を吐いて勢いよく戸を開けた。

「親方」

弾む声をかけた。

「猪吉です。入りますよ」

返事はなかった。が、細工台の前に横になっている辰三の背中が見えた。

「親方、そんなとこで寝てちゃあ……」

猪吉は戸を閉め、辰三に近づいて言った。

「風邪を引きますぜ」

むっと鼻をつく、血の匂いがした。

「げっ、親方……！」

根津の辰三は、腹を刃物で斬られたらしく、血の海の中で事切れていたのだ。

「だ、誰が、こんな……？」

鼈甲の張形を造るという夢を託した親方を殺され、猪吉は、目が眩《くら》むような激しい怒りと、絶望感を覚えた。が、大声で泣きわめきたい衝動を必死に抑えた。

仮にも猪吉は、元は浅草奥山の掏摸の一味で、現在は北町奉行所与力、八丁堀の狐こと狐崎十蔵《こざきじゅうぞう》の手下《てか》なのだ。

素人《しろうと》ではない。血を見る修羅場の場数も踏んでいた。

冷静な目になって周囲を見まわし、根津の辰三が棚の奥に仕舞ったはずのタイマイの甲羅が、なくなっていることに気づいた。

〈こいつは拙《まず》い！〉

猪吉は狼狽《うろた》えた。

〈あのタイマイの甲羅には、四つ目屋忠兵衛の品であることを示す『四つ目』の刻印が押してある。もし御公儀《おかみ》の手に渡ったら、えらいことになるぞ！〉

猪吉は、根津の辰三の死体とタイマイの甲羅が消えた棚を交互に眺め、本能的に、何者かによる悪辣《あくらつ》な罠の匂いを嗅いでいた。

〈くそっ！　ここにいたら、罠に嵌《はま》りそうだぜ！　ひとまず、逃げよう〉

いまは臆病になるときだった。親方の死体をそのままにして逃げても、恥ではない。何より、四つ目屋忠兵衛の奉公人が、この場にいたことを隠さなければならなかった。

〈こうすれば……〉

猪吉は、手拭で頬被りをした。

〈誰かわからない〉

猪吉はその恰好で跪《ひざまず》き、根津の辰三の死体に掌《て》を合わせた。

「親方の仇《かたき》は……」

涙声で誓う。

「おれが、きっと討ちます」

そのとき、がらっと戸の開く音がして、甲高《かんだか》い女の悲鳴があがった。

「きゃあーっ！　人殺し！」

勝山髷《まげ》に鼈甲の大櫛をさした、年増の女郎だった。

「だ、誰か、来ておくれ！　辰三親方が、殺されたよ！」

猪吉は、とっさに女郎に飛びつき、足を払った。

両国薬研堀の「四つ目屋忠兵衛」の地下室にある、隠し番屋「狐の穴」の道場で、八丁堀の狐に仕込まれた起倒流《きとうりゅう》柔術の技だった。

「ひゃあーっ！」

女郎が裾を乱して吹っ飛ぶ。

「こ、この人殺し！　あたいも殺そうってのかい！」

猪吉は無視して外に出ようとして、辰三親方を振り向いた。

「む？」

そこからは、横たわっている根津の辰三の背中しか見えなかった。が、年増の女郎は入って来るなり、辰三親方が殺されたと甲高く叫んだのだ。

〈死体だとわからなくても……〉

猪吉は、倒れている女郎を見た。

〈辰三親方が殺されたと、わかっていたってことになる。もしかしたらこの女郎が……〉

女郎は顔を背《そむ》け、再び叫んだ。

「人殺しだよ！　だ、誰か、助けておくれ！」

すると駆けて来る足音がして、

「お蓮、どうした？」

野太い声の悪党面が入って来た。

手に十手を持っている。岡っ引きだ。手回しよく、寄棒《よりぼう》（六尺棒）を脇に抱えた、三人の下っ引きを従えていた。

「あ、親分さん！　助けておくれ！　そ、そいつは……」

と、後退《あとずさ》った猪吉を指差した。

「た、辰三親方を殺したんだよ！　あ、あたいも、いま、殺されそうになったんだ。

親分さん、早く、その人殺しを捕まえておくれよ」

「お蓮、この池之端《いけのはた》の孫六《まごろく》が来たからには、辰三殺しの下手人《げしにん》を逃がしゃしねえ。安心してそこで見てるがいいぜ」

悪党面の岡っ引きは、辰三親方の死体を改めようともしなかった。

この岡っ引きも、お蓮という女郎同様、死体を見なくても根津の辰三が殺されたことを知っていたということだった。

〈そうだ、お蓮というのは……〉

猪吉は思い出した。

〈辰三親方が言っていた、根津門前町の『大根や』の女郎で、あそこの具合がいいという親方の敵娼だ。

そうか、読めたぜ。お蓮と岡っ引きはぐるだ。問答無用でおれを辰三親方殺しの下手人に仕立てあげようとしてやがるんだ。

へん、くそったれが。そうは問屋がおろさねえぜ！〉

猪吉は、岡っ引きと三人の下っ引きに包囲され、じり、じりっと後退しながら考えた。

〈こんなとき、狐の旦那ならどうするだろう？

やっぱり、起倒流柔術の必殺技「竜巻落《たつまき》とし」で、この四人を苦もなく宙に舞わせて、気絶させてしまうだろう。が、狐の旦那は、あれで案外、悪党には意地が悪い。ひと思いに引導《いんどう》を渡さず、わざと相手の嫌がることをして、ひとり悦《えつ》に入るところがある。

こんなとき、狐の旦那なら、きっとそっちをとる。おれも、ここは一番、相手の嫌がることをしてやろう〉

腹が決まり、猪吉は頬被りの中でにやりと笑った。

「こ、こいつ、笑いやがったな！」

池之端の孫六が顔を真っ赤にして怒鳴り、十手《じって》を采配のように振った。

「それっ、人殺し野郎を召し捕れ！」

「おう！」

連れていた三人の下っ引き、亀吉《かめきち》、鉄二《てつじ》、一太《いちた》が応え、寄棒を構えた。

「御用だ！　神妙にしろ」

「しゃらくせえ！」

猪吉は大きく飛び退き、戸口に向かって叫んだ。

「人殺しだぞ！」

外の野次馬に聞かせるための大声だった。

「お蓮と孫六が、根津の辰三を殺したぞ！　みんな、十手に騙されるな！　池之端の孫六は、十手を持った人殺しだぞ！　大悪党だぞ！」

当てずっぽうだったが、的外れでもなさそうだった。

お蓮と孫六は、顔を見合わせて狼狽《うろた》えている。

その動揺を衝《つ》いた。

「人殺しだあ！」

再度叫び、孫六に向かって跳躍した。

「お蓮と孫六が、根津の辰三を殺したぞ！」

大声で叫びながら、孫六の足を払って投げ飛ばし、股間に一発蹴りを入れて外に飛び出した。

「きゃあ！」

野次馬が、悲鳴をあげて道を開けた。

「『大根や』の女郎お蓮と、岡っ引きの池之端の孫六がぐるになって、鼈甲職人の根津の辰三を斬り殺したぞ！」

猪吉は三度目の大声をあげ、大嘘を吐《つ》いた。

「おれは、孫六が鬼のような形相で、辰三親方を殺すところを見たんだ！　嘘じゃねえ。おれを信じてくれ！」

野次馬が、半信半疑の顔でどよめいた。

「大悪党の孫六は、十手の威光を笠に着て……」

猪吉はここぞとばかりに駄目を押した。

「生き証人のおれの口を封じるため、問答無用で下手人に仕立てあげようとしている。

おれは神仏に誓って、辰三親方を殺していない！　おれが来たときには、すでに殺されていたんだ。

『大根や』のお蓮と、池之端の孫六の言うことは、何もかもでたらめだ。みんな、騙されないでくれ！」

猪吉は、嘘と真実《まこと》をない交ぜにして痛快に叫んだ。

「こ、この野郎！」

鬼の形相になった孫六が、股間を痛そうに押さえて出てきた。

「で、出鱈目《でたらめ》ばかり抜かしやがって、もう勘弁ならねえ。てめえ、ぶっ殺す。覚悟しやぁがれ！」

だが、猪吉は孫六の声を、最後まで聞いていなかった。

ずんぐりむっくりした体を丸くし、脱兎《だっと》の如く逃げ出した。が、叫ぶことだけは忘れない。

「人殺しだあ！」

根津門前町《もんぜんちょう》を走りながら、叫んだ。

「『大根や』のお蓮と、池之端の孫六が、鼈甲職人の根津の辰三を殺したぞ！」

この大声に、岡場所の客や女郎が驚いて窓から顔を出す。

「ち、違う、でたらめだ！」

追ってくる孫六が、十手を振って叫ぶ。

「根津の辰三を殺したのはそいつだ！　四つ目屋忠兵衛の奉公人、猪吉だ！」

それを聞いて猪吉は、やはりと思う。猪吉が来るのを知っていて仕掛けられた、悪辣《あくらつ》な罠だ。

〈今日おれが来るのを知っていたのは、辰三親方だけだ。が、参籠して観音さまを拝んでいるうちに、お蓮に話したのだろう。そしてお蓮が、孫六に話した〉

猪吉は、根津門前町に連なる岡場所の宮永町《みやながちょう》を過ぎるまで、叫ぶことを止めなかった。

「人殺し！　お蓮と孫六が、根津の辰三を殺したぞ！」

叫ぶたびに、追っ手の足取りは乱れた。

宮永町の岡場所を過ぎると、あとは無言で逃げた。

池之端七軒町《しちけんちょう》、下谷《したや》広小路、浅草まで一気に駆けて、追っ手を巻いた。

三

六つ半（午後七時）。日が暮れて、柳原土手から古着屋の露店が消え、茣蓙《ござ》を抱えた白首の夜鷹《よたか》が姿を現す。

夜鷹蕎麦屋の七蔵《しちぞう》は、和泉橋の橋詰めに屋台を据え、煙管《キセル》を咥《くわ》えて一服していた。

〈どうしたわけか……〉

しみじみと思う。

〈こうやって吸う莨《たばこ》が、滅法《めっぽう》うめえ〉

七蔵は、還暦（六十歳）を迎えた入墨者だった。若いときは、犯さず、殺さず、盗んだ金は貧乏人に施《ほどこ》す、「夜叉《やしゃ》の七蔵」と持て囃《はや》された義賊だったが、どじを踏んで御用になり、死罪になるところを罪一等減じられて三宅島《みやけじま》に流された。

島で二十年間暮らし、御赦免になって江戸に戻ったが、島帰りの入墨者に世間の目は冷たく、世を拗《す》ねて夜鷹蕎麦屋で露命《ろめい》をつないでいた。

そんな生活は、ただ生きているというだけだった。ときには悪党の使いっ走りをやることもあり、吸った莨も不味《まず》かった。

ところが妙な縁で、八丁堀の狐こと北町奉行所与力狐崎十蔵の手下になり、かなり危険な目にも遭ったが、島から帰って来てはじめて、生きていてよかったと思えるようになっていた。

〈やっぱり人間てのは、ただ生きているだけじゃ駄目なんだ。なんだっていい、人から当てにされ、損得抜きで精一杯の働きをしてこそ、生きているって実感できるんだ。

なんてね、えへへへ、還暦になって気がついたんじゃ、遅いってんだよ〉

夜鷹蕎麦屋の七蔵は、両国薬研堀の四つ目屋忠兵衛の地下にある隠し番屋「狐の穴」の仲間が気に入っていた。

一癖も二癖もある連中揃いで、腕っ節も滅法強いが、みんな心があったかくて、入墨者を冷たい目で見る者など一人もいなかった。

もっとも、揃って似たような境遇にあって、大将の狐の旦那こと北町奉行所与力の狐崎十蔵からして、北町奉行所内では冷遇され、お奉行さまから出仕無用と言い渡されていた。

さらに、四つ目屋忠兵衛を継いだお吉と、弟分の猪吉、鹿蔵、蝶次は、浅草奥山の掏摸だったというし、伊佐治《いさじ》は博奕《ばくち》打ちの代貸《だいがし》で、お袖《そで》は入江町の岡場所の女郎だったという。

〈みんな、一度は地獄を見ている。だから、人に優しいんだ。が、連中にその意識はない。そこがまた堪らなくいいんだな。えへへへ、この歳になって、そんな連中の仲間になれりゃ、莨もうめえってわけよ。

そういや今月は北町の月番だ。奉行所では手に負えぬ厄介な事件が起きて、『狐の穴』の出動があるかもしれねえ。へへへ、楽しみだぜ〉

七蔵は煙管を手にしたまま、腰を伸ばして八ッ小路の方を見た。

「あっ、狐の旦那！」

思わず洩らした七蔵の声が弾む。

編笠に着流し姿の八丁堀の狐がこのところ愛用している、七蔵も何度か見た三尺五寸（一〇六センチ）の長大な朱塗りの十手で、肩を叩きながらやって来た。

〈狐の旦那の恰好は、いつ見ても惚れ惚れするぜ。今宵もまた柳原土手の辻斬り

退治かな……〉

七蔵がはじめて狐崎十蔵を見たのも、柳原土手に出没した辻斬りを鮮やかに退治したときだった。が、最近は辻斬りが出たという話は聞いていなかった。

狐の旦那は、真っ直ぐ屋台に近づいて来る。と、その後方にずんぐりむっくりした男の姿が現れた。

〈猪吉さんも一緒だったのか。おや、珍しく「魂胆遣曲道具」を担いでいねえな〉

そう思ったとき、狐の旦那が朱塗りの十手を後方に投げ捨て、大刀の柄に手を遣ると、鯉口《こいくち》を切った。と、同時に猪吉の叫ぶ声が聞こえた。

「七蔵さん、逃げろ！　そいつは狐の旦那じゃねえ！　贋狐《にせぎつね》だ！」

「何だって？」

七蔵は目を剝いた。そういえば狐の旦那は、見た目はこんなに強そうではない。もうすこし体がほっそりして、優男《やさおとこ》ふうだ。

〈こいつは狐の旦那の贋者か！〉

七蔵は屋台を盾にして身構えた。

〈へん、狐の旦那が、わしを斬ろうとするはずがねえ！〉

「ちっ！」

贋狐が舌打ちし、抜き打ちの一閃を浴びせてきた。が、それより早く七蔵は、手にした煙管を投げつけていた。

七蔵の煙管は、雁首《がんくび》を太めの鋼《はがね》で拵《こしら》えた、いざというときの武器だった。三宅島での二十年間の流人《るにん》生活で、何度この煙管に命を救われたかわからなかった。

煙管は、ぶんと音を立てて飛んで、贋狐の編笠を弾き飛ばした。

目を血走らせた賊の荒《すさ》んだ顔が露《あらわ》になる。

「小癪《こしゃく》な！」

賊の抜打ちの一閃は、七蔵の体に届かず空を斬った。が、剣はかなり遣えそうだ。

髷《まげ》は本多《ほんだ》に結い、歳は三十半ば、身分は、家禄のある浪人と言われる小普請組の御家人のようだ。

「下郎、覚悟！」

再度、鋭い斬撃を浴びせてくる。七蔵はぐるっと蕎麦の屋台を回して盾にした。

ばさっ！

屋台の提灯が両断され、ぱっと炎があがった。

「人殺し！」

猪吉が叫んだ。

猪吉は今日は叫んでばかりだ。声が嗄《か》れていて、切迫さが漂う。叫びながら、石を投げた。石を投げながら、再び叫んだ。

「辻斬りだあ！」

七蔵は呼子《よびこ》を咥え、吹いた。

ぴー！　ぴぃー！　ぴぴぃーっ！

提灯が燃える炎と、高鳴る呼子、大きな猪吉の叫び声に、近所の人、夜鷹、その客が集まって来た。

「ちっ、拙《まず》いぜ……」

賊は編笠を拾いあげ、それを被って顔を隠した。

「ふん、命冥加《いのちみようが》な爺め。出直すから、首を洗って待っておれ」

七蔵に悪態を吐《つ》き刀を鞘に収めると、悠然と和泉橋を渡って、対岸の佐久間町に消えた。

「てやんでえ！　首を洗って待つのはてめえの方だ。こんなことをしやがって、本物の八丁堀の狐が黙っちゃいねえぜ！」

猪吉が神田川の向こう岸に向かって叫び、屋台の水を炎にかけている七蔵を振り向いた。

「七蔵さん、危なかったな。怪我はないかい？」

「ありがとうよ。猪吉さんのお蔭で、命拾いをした」

七蔵は礼を言ってから、訊《き》いた。

「ところでどうして、あのとっさの場面で、狐の旦那が贋者とわかったんだい？」

「おれはこれを見て、おかしいと思ったんだ……」

猪吉は柳の根方《ねかた》に置き去りにされた赤い十手を拾いあげた。

「狐の旦那は、赤は目立ちすぎると言って、とっくの昔に十手の色を黒く塗り替えている。だから狐の旦那が、今赤い十手を持っているはずがなかったんだ」

「そうだったのか。いや、危なかった。だが、どうしてわしが狙われたんだろう。猪吉さん、わかるかい？」

「それはわからねえ。が、おれも根津で罠に嵌められた。人殺しにされて、岡っ引きに追われているんだ。

それで七蔵さんに相談しようと来てみたら、この有り様だ。どうやら、あっちとこっち、無関係とは思えねえ。誰かがおれたちを嵌めようと狙っているようだぜ」

猪吉と七蔵が顔を見合わせたとき、呼子を聞いた隠し番屋「狐の穴」の岡っ引き、体は小粒だが肝っ玉がでかい、切られの伊佐治が、風を巻いて駆けつけて来た。

「七蔵、どうした！　おや、猪吉もいたのか。何があった？」

「贋狐が出たんです」

「七蔵さんが斬られそうになった」

猪吉が答えた。

「贋狐？　そりゃ、何のことだ？」

「編笠を被った着流しの侍で、見た目は狐の旦那にそっくりだったが、こいつを持ってたんで、見破ることができました」

「へえ、赤い十手か。狐の旦那を真似たはいいが、黒い十手になったことを知らなかったってことか。それにしても猪吉、よくそれに気づいたな。えらいぞ」

「伊佐治さんこそ……」

強面《こわもて》で滅多に人を褒めない伊佐治に褒められ、猪吉は照れたように言った。

「ずいぶん早く駆けつけてきましたね」

「お袖が、おかしな連中が店を見張っているようだと言うんで、見回っていたら呼子が聞こえた」

「そ、そいつはきっと、おれを捕えにきた、池之端の孫六という岡っ引きです」

「池之端の孫六か。悪い噂の絶えねえ岡っ引きだ。なぜそいつが？」

「おれが根津の辰三親方の細工場へ行ったら、辰三親方が殺されていて、預けておいたタイマイの甲羅が盗まれていました」

猪吉は手短に経緯を話した。

「そこへ『大根や』の女郎のお蓮が来て、おれが辰三親方を殺したと言って騒ぎ、その声を聞いた池之端の孫六が、手回しよく寄棒を持った三人の下っ引きを従えて、姿を現したってわけです」

「へえ、いまだに根津あたりじゃ、そんな見え透いた田舎芝居が通用するのかね。恐れ入谷《いりや》の鬼子母神《きしぼじん》だが、タイマイの甲羅が絡んでいては、こっちも弱味がある。それで得意の足払いで四人を投げ飛ばして、逃げて来たのかい？」

「投げ飛ばしたのは孫六ひとりです。あとは相手の嫌がることをしてやれと、お蓮と孫六が辰三親方を殺したと、根津門前町と宮永町の岡場所で叫んでやりました」

「ほほう、人殺しと叫んでやったか。やるじゃねえか」

伊佐治が面白そうに手を打った。

「池之端の孫六は、てめえが仕掛けた罠を逆手にとられ、面喰らったろうぜ。その挙げ句、血迷ってこっちまで押しかけて来やがったてわけか。

たしか池之端の孫六は、狐の旦那の天敵、八丁堀の川獺《かわうそ》こと、北町奉行所筆頭与力の狩場惣一郎《かりばそういちろう》に与《くみ》する同心の手先だ。同心の名は忘れたが、やれやれ、これでまた一悶着起きそうだぜ。おれはこれから八丁堀までひとっ走りするから……」

伊佐治が、厳しい表情になって猪吉を見た。

「おめえは七蔵を連れて店に戻って、旦那さま（お吉）に、根津の辰三が殺されたことと、タイマイの甲羅が盗まれたことを報告するんだ」

「へい」

猪吉は答え、心配そうに訊く。

「池之端の孫六は見張っていねえでしょうか？」

「野郎も莫迦《ばか》じゃねえ。あの呼子を聞いて、引きあげているはずだ。が、もしいたら、構うことはねえ。呼子で鹿蔵と蝶次を呼んで、根津の辰三殺しの下手人として召し捕ってしまえ。

無茶は百も承知だが、目には目、歯には歯、無茶には無茶で、先にやったものの勝ちだと、常々狐の旦那が、身をもって教えてくれているじゃねえか」

「あははは、伊佐治さんは……」

七蔵が笑う。

「大きな事件の匂いを嗅ぐと、闘犬のように過激になりますね。一度死んだのに、まだ懲りないと、お袖さんが嘆いておりましたよ」

「へっ、抜かせ!」

伊佐治が、大きな疵痕《きずあと》のある頬を歪《ゆが》め苦笑する。かつては仇だった伊佐治とお袖は、いまでは誰もが認める恋仲だった。

「一度死んだからこそ、この命、ひとさまのために役立ててえんだ。が、七蔵さん、どんなに賢い女でも、それをわかってくれねえ。男は辛《つれ》えもんよ」

伊佐治は嬉しそうに嘆いて見せると、小さな背を見せて走り去った。

両国薬研堀にある、閨《ねや》の媚薬、秘具の店「四つ目屋忠兵衛」の女主人お吉は、奉公人の猪吉から、鼈甲職人の根津の辰三が殺され、預けておいたタイマイの甲羅が盗まれたと聞くと、心の動揺を隠すために目を閉じた。

〈最悪！　もしこれで四つ目屋を潰したら……〉

心の内で呟いた。

〈先代の忠兵衛が、怒って化けて出てくるわ〉

お吉の脳裏に、大奥御用達の呉服商三河屋の番頭銀蔵《ぎんぞう》が、大奥の実力者、お中﨟《ちゅうろう》のお勝《かつ》の方さまに贈る、鼈甲の張形の注文に来たときに交わした話の内容が浮かんできた。

「お勝の方さまは、鼈甲細工師『根津の辰三』手造りの張形を、三本欲しいと仰《おお》せでございますが、時節柄……」

銀蔵が不安そうにお吉を見て、慎重な物言いになった。

「このような注文をして、よろしゅうございますか？」

松平定信の失脚で頓挫《とんざ》した寛政の改革では、高価な鼈甲細工は贅沢品とされ、大っぴらに売ったり、買ったり、使ったり、造ったりすることを禁じられた。

そのため改革の真っ最中には、これ見よがしに鼈甲細工の簪《かんざし》をさして歩いていた跳ねっ返りの若い娘五人組が召し捕られ、十日余りも牢に入れられたこともあったが、いまはだいぶ緩《ゆる》くなって、そのような極端なことはなくなった。

とはいえ、鼈甲細工の張形は秘められた最高級の贅沢品だったから、造るのも、売るのも、買うのも、使うのも、密やかに為さねばならなかった。

「お任せくださいませ……」

お吉は、艶《あで》やかな笑みを浮かべて大見得を切った。

「憚《はばか》りながら、わっちも女だてらに四つ目屋忠兵衛の跡目を継いだからには、先代が自慢し、誇りにしていた大奥に献上する鼈甲の張形のご注文は、何があろうとお引き受けいたします。

おほほほ、もしここでわっちが、お咎めが怖くて尻込みをしたら、先代忠兵衛に叱られてしまいます」

「それを聞いて安堵しました。じつは……」

四十半ばの番頭銀蔵が、囁くような声になった。

「この鼈甲の張形には、主の三河屋善兵衛《ぜんべえ》と、わたしどもの店の商売敵である相《さ》良屋惣兵衛《がらやそうべえ》との、大奥での勝負の行方がかかっているのでございます。どうか、お勝の方さまが満足なさるような鼈甲の張形を造ってくだされ」

「はい、ご安心ください」

お吉は胸を張って請け合った。

「張形を造るのが、名人の根津の辰三。鼈甲は、先代四つ目屋忠兵衛秘蔵の特上のタイマイの甲羅です。お勝の方さまは、必ず満足されるでしょう」

そんな大見得を切っておいて、いまさら根津の辰三が殺されたから鼈甲の張形は造れません、とは言えなかった。

さらに厄介な問題は、「四つ目」の刻印のあるタイマイの甲羅がなくなったことだ。もし役人の手に渡って蔵を調べられたら、ご禁制のタイマイの甲羅がたくさん出てきて店は潰されることになる。

〈大変！〉

お吉は心の内で悲鳴をあげ、閉じていた目を開いた。すると、猪吉の打ち拉《ひし》がれた悲しそうな顔が、目の前にあった。

不意にお吉の脳裏に、根津の辰三に憧れていた猪吉の、憑《つ》かれたような熱い言葉が甦《よみがえ》ってきた。

「あんな張形を造るのは神業《かみわざ》としか思えない。おれもいつか、辰三親方のような鼈甲職人になって、親方に負けない鼈甲の張形を造ってみてえ。おれ、辰三親方の弟子になろうかな」

「おなりよ」

それを聞いたとき、お吉は励ました。

「猪吉なら、きっと親方に可愛がってもらえるよ」

その念願がようやく叶《かな》って、今日から親方の仕事を見せてもらえると、勇んで出かけたのだった。

〈わっちとしたことが……〉

お吉は、自分の愚かな過ちに気づいた。

〈一番大切なものを失ったのは、わっちや店ではなく、猪吉だったわ〉

お吉は猪吉を見て微笑んだ。

かつて幼かった猪吉や鹿蔵や蝶次を励ますために、お吉が歯を食いしばって浮かべた、姉の微笑みであり、母の微笑みだった。

「猪吉、気を落とすんじゃないよ」

お吉は、優しく叱るように言った。

「探すんだよ。わっちらは、いつも何かを失ってきたけど、そのたびに新しい何かを見つけてきたじゃないか。

きっといるさ。根津の辰三親方のような神業を持つ鼈甲職人がどこかにいるはず。それを見つけて、三本の張形を造ってもらい、おまえも弟子になればいい。猪吉は男の子なんだから……」

　と、幼い弟を諭すような口調になった。

「一度やると心に決めたことは、何があっても成し遂げて、辰三親方に負けない鼈甲の張形を造ってお見せよ。

　それが無念の死を遂げた辰三親方に対する、猪吉にしかできない供養なんだからさ」

「わかったよ。姉ちゃん……」

　猪吉が、ぼろぼろと涙をこぼし、子供のような声で答えた。

「おれ、江戸中を探してでも、根津の辰三親方のような、神業の鼈甲職人を見つけるよ」

四

　日比野《ひびの》主膳《しゅぜん》は、「あだな深川、いなせな神田、ちゃらちゃら流れるお茶ノ水、ぶつぶつ愚痴を飯田町」と言われる、飯田町に多く住んでいる悪御家人の一人だった。

〈ふふ、贋狐と見破られて夜鷹蕎麦屋を斬りそこない、おまけに顔を見られてしまった。わしとしたことが、とんだ不覚よ〉

柳原土手から逃げた主膳は、逃げきった後編笠の中で自嘲した。

〈しかし、どうして見破られたのか、とんとわからぬな〉

もっとも、着流しに編笠を被っただけの変装で、見破られたもないものだが、主膳の中肉中背の背恰好が、両国広小路で何度か見たことのある、八丁堀の狐こと北町奉行所与力の狐崎十蔵によく似ているのも確かだった。

さらに念を入れ、八丁堀の狐が持っていた、長大な赤い十手と似た物を造らせた。

見破られるはずがない。が、八丁堀の狐の手下である夜鷹蕎麦屋の親父を斬ろうとしたとき、後方からいきなり叫び声があがったのだ。

「七蔵さん、逃げろ！　そいつは狐の旦那じゃねえ！　贋狐だ！」

ずんぐりむっくりした若い職人ふうの男が、叫びながら石を投げてきた。たぶん狐の手下だ。

あれで手元が狂ってしまった。が、夜鷹蕎麦屋の親父も、只者《ただもの》ではなかった。

〈煙管でわしの編笠を飛ばしおった。さらに二度も、わしの心形刀流《しんぎょうとうりゅう》の一閃を、かわしおった〉

「ふふふ、手強《てごわ》いぜ。角蔵《かくぞう》が気前よく一包み（二十五両）、出しおったわけよ」

角蔵とは大奥御用達の呉服商、相良屋惣兵衛の番頭だ。

〈どうやら、角蔵の術中に嵌まって、贋狐の役をおりられなくなったようだ。が、それもよかろう。さすれば八丁堀の狐の馬庭念流《まにわねんりゅう》と刃を交えることができよう〉

日比野主膳にも、剣で立身しようと、道場稽古に打ち込んだ時期があった。が、剣の力量が評価される時代はとうに過ぎていた。気がつくと、無役の小普請組の御家人のまま、三十歳を過ぎていた。

「もうやめだ！」

そう決めて、主膳は稽古用の木刀を捨てた。

「これからは好きに生きてやる！」

道場の代わりに、岡場所や博奕場に通うようになり、三年経ったいまは、押し込み辻斬りは武士の倣《なら》いとばかりに、ときには人を斬って金を得ていた。

〈ふふふ、皮肉なことに、いまになって……〉

主膳は嘯《うそぶ》く。

〈辛かった道場の猛稽古が役に立っておる。世の中、よくできているぜ。ふふふ、無駄ってものがない〉

そのとき、追って来る足音が聞こえた。

主膳は一瞬、狐の手下かと緊張したが、違った。

悪党仲間である岡っ引きの池之端の孫六が、下っ引きを三人引き連れ、追いついて来たのだった。

「日比野の旦那、待っておくんなせえ！」

「どうした、孫六？」

主膳は物蔭に誘って編笠をとった。

「おぬし、今日は根津ではなかったのか？」

「へい、それが、九分九厘捕らえたと思った獲物に、するりと罠から逃げられてしまいやした」

孫六が、面目なげに頭を掻く。目が赤く濁っていた。

「それで獲物の塒《ねぐら》を見張っていたんですが、呼子が聞こえ、もしやと駆けつけやした。が、旦那は橋を渡って行くところで、こっちの橋詰めに旦那の獲物の夜鷹蕎麦屋の親父と、あっしらの獲物の四つ目屋忠兵衛の猪吉が立っているじゃねえですか。

それを見て、旦那もしくじったと、一目でわかりやした。

それならあっしらだけでもと猪吉の野郎を捕えようとしたら、いけませんや。形《なり》が小さくて見落としていやしたが、岡っ引きの切られの伊佐治の野郎が一緒にいやした。

この伊佐治ってのが、とんでもねえ野郎でさあ。八丁堀の狐の手下になる前は入江町の盤若《はんにゃ》の五郎蔵《ごろぞう》一家の代貸をやっていて、喧嘩となると体が小せえくせに滅法強く、とてもあっしら四人だけでは手に負えない、命知らずの野郎なんです。

それで仕方なく、新シ橋まで引き返し、旦那を追って来やした。が、日比野の旦那の腕前なら、伊佐治がいたって討ち洩らすことはなかったでしょう。一体、どうなすったんで？」

「どうもしねえ。気が乗らなかっただけだ」

主膳は説明するのが面倒になった。が、一つだけ訊いた。

「あのずんぐりむっくりした若い男が、辰三の弟子になったという四つ目屋の猪吉かい？」

「へい、あっしらの獲物の猪吉です」

「そうかい。鼈甲の張形造りに夢中になるような男と、すこし甘く見ていた。なかなかどうして、性根の据わった手強《てごわ》い野郎だ。

孫六、下手をすると、辰三殺しで逆襲を喰らうぞ。殺《や》ったんだろう？　まさか、おぬしが殺ったんじゃあるめえな？」

「めっそうもねえ……」

孫六が、とんでもないというふうに首を横に振った。

「瘡持《かさも》ちの梅次《うめじ》にやらせやした……」

へへへ、と孫六が酷薄な表情になって嗤《わら》う。

「あの鼻欠け野郎、麻黄《まおう》をたっぷり喰らっていたから、自分が何をやったかも覚えちゃいませんよ」

麻黄とは瘡毒《そうどく》（梅毒）の鎮痛薬だが、副作用が強く、多量に長く使うと廃人になることもある。

「酷《ひど》いな」

「へへへ、日比野の旦那、この世の中にゃ、嗤う人間と、泣く人間しかおりやせん。あっしゃ、嗤う人間でいたいだけですよ。日比野の旦那もそうでやしょう？」

「ふふふ、そうよな、わしらは同じ穴の狢《むじな》。綺麗事を言ってもはじまらぬか。ところで、タイマイの甲羅は相良屋か？」

「へい、番頭の角蔵さんが持って行きやした」

「大奥御用達の呉服商が……」

主膳が、探るような目になった。

「四つ目屋でも始めるつもりか？」

相良屋惣兵衛との繫がりは、池之端の孫六の方が、長くて、太くて、深かった。主膳は孫六の口利きで相良屋のために働くようになったが、まだ知らぬことの方が多かった。

「へへへ、相良屋惣兵衛は四つ目屋はともかく、大奥のお女中に人気の、鼈甲の張形だけは独占するつもりのようですぜ。

そのため、相良屋の注文を断った根津の辰三を見せしめに殺して、江戸中の張形を造れる鼈甲職人を、全部押さえちまいました。

これで四つ目屋の元祖、両国薬研堀の四つ目屋忠兵衛は鼈甲の張形が造れなくなり、四つ目屋忠兵衛に注文を入れていた三河屋善兵衛は、大奥のお中臈、お勝の方さまに鼈甲の張形をお贈りできなくなるって寸法でさあ」

「それでどうなる？」

「決まってまさあ。三河屋善兵衛は、お勝の方さまの逆鱗《げきりん》に触れて、大奥御用達の鑑札のお取りあげってことになるでしょうな」

「たかが鼈甲の張形ひとつでか……」

「されど鼈甲の張形ですよ。へへへ、上《うえ》さまのお相手に選ばれない大奥のお女中の楽しみは、それしかねえってことですからね。で、旦那は、これからどういたしやす？」

「こんな、ツキのない日は……」

主膳は投げ遣りな口調になった。

「博奕《ばくち》をやっても、賽子《さいころ》の目にそっぽを向かれる。『大根や』に行くしかなかろう。馴染みの辰三が死んで、お蓮が寂しがっているだろうから、慰《なぐさ》めてやろう」

「へへへ、お蓮のやつは喜ぶでしょう。が、旦那、お蓮は辰三殺しに一枚嚙んでいるんですぜ。女郎のことだから、いつどう気が変わるか、わかったものじゃねえ。すこしでも妙な素振りがあったら、知らせてくだせえよ」

「お蓮の口を封じるのか？」

「あっしは辰三をお蓮との相対死《あいたいじ》（心中）に見せかけて殺すつもりだったのを、旦那が殺すのは勿体ないと仰《おっしゃ》ったんですぜ。女郎は口が軽いから、お蓮が余計なことを喋ったら、あっしらだけじゃなく、旦那だってただじゃ済まねえってのに」

「ふふふ、そんなに心配なら、相良屋にお蓮を身請《みう》けさせればいい。お蓮だって自由の身になれば、女郎のときにあったことなどみんな忘れてしまう。どうだ、角蔵に話してみては？」

「へへへ、やはり旦那は苦労知らずのご直参《じきさん》だ。悪《わる》のようでも、お考えが甘い。大店の番頭の角蔵は、顔色一つ変えずに、殺した方が安くあがるし後腐れがないと、算盤《そろばん》を弾《はじ》くに決まってやす」

「ふふふ、商人とはそういうものか……」

日比野主膳が、虚ろな声で笑った。

「いくら算盤が合っても、首がなくちゃ、それを確かめることはできまい。ふふふ、生憎《あいにく》だが、わしは算盤を弾くのは苦手でも、刀の一閃で人の首を飛ばすのは得意だ。

孫六、角蔵に伝えろ！　今度会ったら、わしが、そっ首頂戴するってな！」

「げえっ！　あ、あっしが何か……」

孫六は慌てた。

「旦那のお気に障るようなことを言いやしたか？」

「なあに他意はない。ふと角蔵のしたり顔を乗せた首を斬ってみたくなっただけのことよ。

孫六、おぬし、人の首を斬ったことがあるか？　そうか、ないか。それなら一度斬ってみるがいい。

ばさっ！

音の響きがよくて、手に独特の手応えが残る。あれは病みつきになるぜ。わしはこれまで二人、笠の台を飛ばしてやった。角蔵が、三人目になるが、ふふふ、楽しみだわい」

「だ、旦那、もう勘弁してくだせえ！」

池之端の孫六が、観念した顔になった。

「わかりましたよ。角蔵さんと相談して、『大根や』のお蓮は身請けして自由にさせましょう。む、むろん、口封じに殺したりしやせん。お蓮の身の振り方は、旦那にお任せします。それで、もう文句はごぜえやせんね」

「ねえぜ、孫六……」

主膳はけろっとした顔で言うと、編笠を被り直した。

「さて、行くか」

背を見せたが、すぐに振り向いて訊いた。

「孫六、この恰好で赤い十手を持って、なぜ贋狐と見破られたと思う」

「そういえばやつら、旦那が置いていった赤い十手を見て笑ってやしたが」

「そうか、十手で見破られたか……」

主膳は苦笑した。

「ふふふ、凝りすぎたのが失敗だったか。簡単なようで難しい。それが人を斬るってことよ」

五

町木戸が閉まる夜四つ（午後十時）、両国薬研堀の四つ目屋忠兵衛の地下にある隠し番屋「狐の穴」に、八丁堀の狐とその配下が集まった。

道場の神棚を背に、着流し姿で胡座《あぐら》をかいた八丁堀与力の狐崎十蔵が中心になり、町人姿の隠密廻り同心狸穴三角《まみあなさんかく》、四つ目屋忠兵衛ことお吉、猪吉、鹿蔵、蝶次、岡っ引きの伊佐治、夜鷹蕎麦屋の七蔵、お袖、お美代《みよ》の十人が、興奮した面《おも》持ちで輪になって座っていた。

年寄りの徳蔵《とくぞう》とお茂《しげ》の夫婦は、上の店で留守番だ。

「こおーん！」

十蔵が、狐が鳴いたような咳払いをした。

「さて、始めようか……」

猪吉を見た。

「根津の辰三は気の毒だったな」

「はい」

「誰が辰三を殺した？」

「わかりません。が、『大根や』の女郎のお蓮と、岡っ引きの池之端の孫六が、誰が殺《や》ったか知っていると思います」

「その二人は定町廻り同心、梶山伊織《かじやまいおり》に訊かれたとき」

三角が口を挟む。

「下手人は、手拭で頬被りをした、ずんぐりむっくりの若い男だったと答えております。ところが、その若い男は、追われて逃げながら、根津の辰三親方を殺したのは『大根や』のお蓮と岡っ引きの池之端の孫六だと叫んでいたそうです」

「あははは、そいつは猪吉のことだな。意表を衝いた叫びをあげて、相手の出端《でばな》を挫《くじ》いた。てえした知恵だぜ。

猪吉、とっさによくそんな知恵が浮かんだな」

「へい、こんなとき狐の旦那ならどうするかと懸命に考えていたら、自然に叫んでいたんです。『人殺し』って……」

「おいおい、仮にもおれは直参御家人。しかも町奉行所与力だぜ。そんなみっともねえ真似はしねえ」

「あら、そうかしら……」

お吉が猪吉に加勢する。

「みっともなく大声で叫ぶのが、旦那のお家芸じゃなくって。でも、それで猪吉が助かったんだもの。旦那のお蔭だわ」

十蔵は苦笑し、夜鷹蕎麦屋の七蔵に目を転じた。

「七蔵、柳原土手で、おれの贋者に斬られそうになったんだってな？」

「へい、赤い十手を持ってやした。猪吉さんが、そいつは狐の旦那じゃねえ、って叫んでくれたんで、とっさにこいつを投げて命拾いをしやした」

七蔵は得意そうに雁首の太い煙管を見せた。

「贋狐の編笠を飛ばしてやったんでさあ」

「顔を見たんだな？」

「へい、ありゃ、御家人でしょう。歳は三十半ば、背恰好も顔立ちも狐の旦那によく似ていて、なかなかの男振りでしたぜ。まさか、旦那のご兄弟では？」

「莫迦野郎！　おれには出戻りの男勝りの妹が一人いるだけだ。七蔵、おめえ、顔を見たんじゃ、そいつに斬られるぜ」

「そ、そんな！」

「斬られるのは嫌か？」

「き、決まってまさあ！」

「だったら、七蔵、そいつの居場所を突き止めろ。悪御家人を探すことなど、おめえには造作《ぞうさ》のねえことだろう」

七蔵の前身は「夜叉の七蔵」という一人働きの盗賊だから、人や屋敷に目星をつける要領は身に染み込んでいた。

「居場所さえわかりゃ、おれがそいつを叩っ斬ってやる！」

十蔵の目の奥で、ゆらりと狐火《きつねび》が揺らぐ。

「伊佐治……」

名を呼び、顔を振り向けた。

「七蔵を手伝って、贋狐を見つけてくれ」

「合点だ！」

打てば響くような、伊佐治の声が返ってきた。

「狐の旦那！」

猪吉も叫んだ。

「おれも贋狐の顔を見ています。七蔵さんを手伝いましょう」

「いや、おめえには、他にやることがある」

十蔵はお吉を見て、話せと促した。

「こほん」

お吉は頷き、可愛らしく咳払いをする。十蔵の真似だ。

「みんな聞いておくれ！」

四つ目屋忠兵衛としての貫禄が備わった、落ち着いた声だった。

お吉は、三河屋善兵衛の番頭、銀蔵が店に来て、大奥のお中臈お勝の方さまがお気に入りという、根津の辰三が造る鼈甲の張形の注文を受けたことから話しはじめた。

「わっちゃ、さっそく猪吉に蔵から出したタイマイの甲羅を持たせ、根津に向かわせた。

辰三親方は気持ちよく仕事を引き受けてくれ、そのうえ猪吉のたっての願いを入れて、鼈甲の張形造りの弟子にすると言ってくれたそうなの。

それをわっちに告げたときの猪吉の嬉しそうな顔は、これまで一度も見たことのないものだった。やっと生き甲斐を見つけた、そんな晴れ晴れとした顔で、見ているわっちたちまで嬉しくて堪らなかった。それなのに……」

お吉が首を横に振って、猪吉、鹿蔵、蝶次に目を遣り、言葉を詰まらせる。

が、やがて、憑かれたような勢いで一気に喋りはじめた。

「根津の辰三親方が、何者かに殺されてしまった。猪吉がやっと見つけた生き甲斐が、何者かの兇刃《きょうじん》によって奪われてしまったのよ。

わっちゃ、悔しくて、悲しくて、堪らなく可哀想で、猪吉の顔が見られなかった。鹿蔵と蝶次も、何も言わずそっと猪吉を見守って、心の中で泣いていたわ。

わっちら四人は、洟《はな》を垂らしていたころから、ずっとそうやって互いに支えあってきたからわかるのよ。でも、わっちらはもう、泣いているだけの子供じゃないわ。

根津の辰三親方を殺して猪吉の夢を潰し、タイマイの甲羅を盗んでいった奴らに、おふざけでないよって啖呵《たんか》を切るくらいの実力は備わってるわ。

狐の旦那、お願いがあるの。勝手だけど今度だけは、わっちら四人は旦那のお指図から離れて、先代から引き継いだ四つ目屋忠兵衛を守ることだけのために姉弟四人の力を合わせたいの。いいでしょう?」

「ならねえな」

意外にも十蔵の答えは、手厳しかった。

「おめえらの勝手は許さねえ」

お吉が顔色を変える。

「なぜなの?」

柳眉《りゅうび》を逆立てて十蔵を睨み、声を震わせた。

「旦那は、あっちら四人がやることを信じられないとでも言うの?」

「信じるとか信じないとかいう前に、おれはおめえら四人の料簡《りょうけん》が気に入らねえんだ。おめえらは、そんな簡単な人の道もわきまえねえ、唐変木《とうへんぼく》だったのか！」

これまで「狐の穴」では一度も見せことのない、十蔵の心底からの怒りに遭って、お吉は蒼白な顔で唇を嚙み、猪吉、鹿蔵、蝶次は、縮みあがって小刻みに体を震わせた。

「いいか、お吉、よく聞け。ここには、姉弟四人なんていない。ここにいる皆が兄弟姉妹だ。何か問題が起きたら、皆でこれに当たる。善《よ》くも悪くも一蓮托生《いちれんたくしょう》が、ここの不文律じゃなかったのか？」

「あっ！」

お吉は小さく叫んでいた。間違っていた、と気づいたようだ。

が、自分たち四人だけが楽をしようとか、得をしようとして言い出したのではなかった。むしろ逆だ。

最悪の場合は、四人がすべての責任を背負ってしまい、累《るい》を狐の旦那や他の者に及ぼさぬ覚悟だったのだ。

不覚にも、お吉の目から悔し涙が溢れた。

まだ心から、十蔵の言葉が納得できない。

「お吉、わからぬか……」

十蔵が、一転して優しい声になり、諭《さと》すように言った。

「つまらん遠慮も、仲間を侮辱することになるんだぞ」

「侮辱？」

「そうだ。わしや仲間を信頼していれば、手を貸せと言うはずだろう。違うか？」

「違うわ！」

お吉が、きっと十蔵をみつめる。

「わっちらは真っ先に、『四つ目』の刻印があるご禁制のタイマイの甲羅がお役人の手に渡った場合のことを考えたわ。

『四つ目』の刻印が四つ目屋忠兵衛の商標であることは広く知れ渡っているから、お咎《とが》めを受けることになる。そのとき、狐の旦那に累を及ぼしたくなかったのよ」

「お咎めはない」

「え？」

「三角が知恵を貸してくれた」

お吉は、微笑みを浮かべている白髪頭の三角を見た。

「嘘も方便と申します」

三角が、その場の緊張を解きほぐすかのようなのんびりとした口調で言った。

「そもそも鼈甲細工そのものが、タイマイの甲羅をスッポンの甲羅と言い逃れたところから始まっております。

うほほほ、鼈甲は嘘が似合うということでございましょう。

もし役人が、ここへ『四つ目』の刻印のあるタイマイの甲羅を持って来たら、こう申せばよろしいでしょう。

『その鼈甲は、先代の四つ目屋忠兵衛が、主殿頭《とのものかみ》（田沼意次《たぬまおきつぐ》）さまにお贈りしたものと聞いております』

嘘は大きいほど露見いたしません。役人は為《な》す術《すべ》もなく、引き下がらざるを得ないでしょう」

「でも、蔵を調べられたら、まだ沢山《たくさん》のタイマイの甲羅があるわ」

十蔵が呆れたようにお吉を見た。

「おい、弁天の姐御、しっかりしてくれよ。役人が来るまで、そんな剣呑《けんのん》な物を蔵に置いておくつもりか？」

「も、もちろん、移すわよ。だけど……」

「ここへ運べばいい。どこよりも安全だ」

「そ、そうね。そうするわ」

道場の神棚の奥に隠し戸棚がある。むろん、お吉もそれを知っている。

「あはは、どうだ、お吉。皆で考えれば、すらすらと難問が解決してしまうだろう」

「まだあるわ」

お吉が一同を見渡し、早口になった。

「一刻も早く、殺された根津の辰三親方に代わる鼈甲職人を探して、三河屋さんから注文された鼈甲の張形三本を造らせなきゃいけないの。鼈甲職人を探すのを手伝ってもらえるかしら？」

「いいぜ」

博奕打ちの代貸だった伊佐治が、疵痕のある顔を綻《ほころ》ばせた。

「鼈甲職人は稼ぎがよくて金遣いが荒かったから、博奕場の上客だった。いままでも知った顔が何人かいるから、話をしてみよう」

「あたいも……」

入江町の岡場所の女郎だったお袖が言った。

「鼈甲職人なら知っているわ。その人が造ったという鼈甲の簪をもらったことがあるの。お金に困ったとき売ってしまったけど、見事な造りだったわ。家も知っているから、一度、訪ねてみる」

黙って聞いていた七蔵が言った。

「わしは鼈甲の張形を愛用している後家《ごけ》さんを知っているから、そっちの線から鼈甲職人を探してみよう」

「あのう、猪吉さん……」

両国広小路の茶屋女だったお美代が訊いた。

「殺された人の名前、もう一度言ってみてください」

「辰三というんだ。根津の辰三、鼈甲職人の辰三、辰三親方、いろいろ呼び方があるけど、お美代ちゃん、辰三親方を知っているのかい？」

お美代は茶屋で客をとらされていたから、女遊びに目のない辰三の相手をしたことがあるのかもしれなかった。

「あたし、根津の辰三の息子さんの、松吉《まつきち》という鼈甲職人なら知ってるわよ。とても激しい気性の人で、乳飲み子のときに捨てられたお父さんを、いつか殺してやると言って憚らぬほど恨んでいたわ。

でも松吉さんが、親父の造る鼈甲の張形は日本一で、おれにはとても真似ができねえと心から悔しそうに言うのを見て、あ、この人、本当はお父さんが大好きなんだ、と思った記憶があるの」

「お、お美代ちゃん、その松吉さんは……」

猪吉が声を上擦らせ、辰三の代わりが見つかったと小躍りした。

「ど、どこに、いるんだ。教えてくれ！」

「そんな、あたし、わからないわ。確か、川向こうって聞いたような気がするから、本所、深川、向島《むこうじま》あたりじゃないかしら……」

お美代の答は頼りない。猪吉の胸に大きく膨らんだ希望の紙風船が、ぱんと音を立てて破裂した。

「でも大丈夫よ」

お美代が猪吉を見て微笑んだ。

「松吉さんは、十日に一度は『鈴や』に寄っていたから、あそこを見張っていれば、きっと会えるわ」

「鈴や」とは、お美代がいた両国広小路の茶屋だ。

「あっ、わかった！」

お美代が素っ頓狂な声をあげた。

「どうした？」

猪吉が飛びあがる。お美代の言葉に一喜一憂させられていた。

「あたし、さっきからずっと、何か大切なことを忘れているような気がして仕方がなかったの。やっとわかったわ。なんだ、そんなことだったのか……」

「何がわかったんだ？」

「松吉さんってね、顔や姿が、猪吉さんにとても似ているのよ。今、それを思い出したの」

「そうか、松吉さんは、おれに似ているか」

猪吉は満足そうに頷いた。それなら辰三親方の子に違いない。猪吉は、根津の辰三に体つきも顔もよく似ているからだ。

六

深更《しんこう》、隠し番屋の「狐の穴」の道場から、ぽーん、ぽーんと狸の腹鼓《はらつづみ》のような音が聞こえた。

濃紺の稽古着をつけた狐崎十蔵が、剽悍《ひょうかん》な動きで起倒流柔術の受け身を取っていた。

十蔵は、迷いがあると、よくこうやって受け身を取った。生じた問題を頭で考えるのではなく、体で考えるためだ。

ぱあーん！

宙に高く跳んで、受け身の音が変わった。

ぱあーん！

燭台《しょくだい》の百目蠟燭《ひゃくめろうそく》の灯が、ゆらりと鬼火のように揺らぐ。

ぽーん！

ふんわりと前方に回転し、柔らかく受け身を取りながら、体で考えた。

〈狙いはおれだ！〉

答が、ぽんと先に出た。

〈八丁堀の狐の抹殺《まっさつ》だ！〉

これが体で考えるということだった。

五感と呼ばれる、視覚の目、聴覚の耳、嗅覚の鼻、味覚の舌、触覚の皮膚、これら五官を総動員して考え、出した結論だ。第六感の勘とも違う。

〈段々と……〉

十蔵は、二十年前から存在は明らかなのに、いまだに姿を見せぬ卑劣な敵を嘲《あざけ》った。

〈やることが、露骨になってきたぜ〉

十蔵は、「えいっ！」と気合いをかけ、天井近くまで跳躍すると、くるりと宙で一回転し、猫のようにすとんと板敷きの道場に立った。

起倒流柔術の、究極の受け身だ。投げられても、猫のようにくるりと回転して、背から落ちない。十蔵は、攻撃だけでなく、防御の達人でもあった。だから今まで抹殺を免れてきた。

二十年前――。

当時、飛ぶ鳥を落とす勢いだった田沼意次が、老中になって三年目の安永《あんえい》四年（一七七五）五月、十蔵の父である北町奉行所与力、狐崎重蔵《じゅうぞう》が、闇夜の路上で何者かに斬殺された。

馬庭念流の剣の達人だった狐崎重蔵が、剣を抜き合わすこともなく斬られ、そのことを土道不覚悟と非難する幕閣の重鎮《じゅうちん》がいて、狐崎家の家名断絶、家禄没収が決定的となった。が、母の千代《ちよ》が、北町奉行曲淵甲斐守《まがりぶちかいのかみ》に何ごとかを言上すると、状況は一変して、十蔵の嫡男十蔵が狐崎家の家督《かとく》を継ぎ、北町奉行直属の町奉行所与力となった。

　曲淵甲斐守、石河《いしかわ》土佐守、柳生主膳正《やぎゅうしゅぜんのしょう》、初鹿野河内守《はじかのかわちのかみ》、現在の小田切《おだぎり》土佐守と、北町奉行は次々と交代したが、歴代の奉行に体《てい》よく飼い殺しにされた狐崎十蔵の部署に変更はなかった。

　奉行の一存ではなく、もっと上の誰かの強い意思が働いていることは明白だった。が、それが誰の意思なのか、またその理由が何なのか、まったく見当がつかないままである。

　十蔵は二十歳のときに意を決して、母の千代が曲淵甲斐守に何を言上したか、厳しく問い質《ただ》したことがある。母は頑《がん》として一言も答えようとしなかった。

「ならば、母上を斬り……」

　十蔵は、すらりと刀を抜いた。

「おれは、腹を切る！」

　本気だった。すると母は、ころころと笑って、こう答えた。

「曲淵さまには、遺品の整理していたら、『さるお方の書簡』に添えて重蔵さまの『遺書』が出て参りました、と申しあげたのです。これが驚くほど効いて、今《こん》日《にち》まで狐崎家は安泰でした」

「それでは、母上は……」

十蔵は肝を潰した。

「その、『さるお方の書簡』と父上の『遺書』で、曲淵さまを脅したのですか？」

「おほほほほ、脅したとは、これはまた、人聞きの悪い……」

母の千代は、高らかに笑った。

「重蔵さまは婿《むこ》でしたから、狐崎家の家名を守る意識が薄く、わたくしが守らざるを得ませんでした。が、十蔵どのには関わりのないことです。今後一切、『書簡』及び『遺書』への詮索は無用になさいまし。よろしいですね」

母の千代は、狐崎家の尼将軍だ。財布を握った絶対の権力者で、逆らうことは難しかった。

緊張感を孕《はら》んだ数年が経ち、母の千代は身の危険を感じたことでもあったのか、すでに旗本の家に嫁いでいた、小太刀を遣わせたら兄の十蔵と互角に渡り合う、女丈夫のお純《じゅん》を出戻らせ、芝居見物などの外出時の用心棒をさせていた。

そのころ十蔵の柔術は、門弟三千人を誇る起倒流柔術鈴木清兵衛《すずきせいべえ》門下で、三本の指に入るまでに上達していた。

同じく三本の指に入る兄弟弟子に、白河藩主の松平定信《さだのぶ》がいた。十蔵は定信が老中首座となって断行した「寛政の改革」の推進に協力し、北町奉行所与力として辣腕《らつわん》をふるった。が、質素倹約を強いる改革の評判は芳しくなく、やがて、松平定信は失脚し、十蔵も北町奉行の小田切土佐守から、出仕には及ばずと言い渡された。

ところがすぐに、定信の「寛政の改革」を引き継いだ「寛政の遺老《いろう》」の一人、三河吉田の殿さまで老中首座の松平信明《のぶあきら》の後ろ盾を得て、四つ目屋忠兵衛の地下に隠し番屋「狐の穴」を作った。

狐崎十蔵は、その「狐の穴」を拠点にして、町奉行所の手に余る難事件の解決に尽力してきたのだった。

この三河吉田の殿さまは、四つ目屋忠兵衛であるお吉が、若き日に女中に産ませた子だったとわかってからは、何かと援助を惜しまぬのだが、お吉はそのことを知らないでいる。

やがて、父の重蔵が斬られてから二十年が経ち、母の千代を問い詰めてから十年が経った。

その間、一度も「書簡」と「遺書」を見たことがない。

十蔵はいまでは、眉唾《まゆつば》ものだと思っている。

かつては八丁堀小町と言われた母の千代は、いまや白面金毛九尾《はくめんこんもうきゅうび》の狐《きつね》に変貌していた。

八丁堀の九尾の狐は、ありもしない「書簡」と「遺書」で、当時の北町奉行曲淵甲斐守を化かして、狐崎家を断絶から守った。それはそれで大したものだと思いはじめていた矢先、母に呼ばれた。

「十蔵どの……」

母の千代はいつも他人行儀な物言いをした。

「十年前にお話をした二品のことですが、これからは十蔵どのが所持していることにいたしましょう」

十蔵は、一瞬、ぽかんとした。何を言われたのか、よくわからなかった。

やがて、二品とは、「書簡」と「遺書」のことだとわかる。それを持っていることにするとは、どういう意味なのだろうか。それがわからなかった。

母の千代は、説明はしない。が、倅《せがれ》を脅した。

「十蔵どの、これからは、昼夜をおかず、あの手この手で狙われますよ。お気をつけなさい」

「母上、二品は、本当にあるのですか？」

十蔵は、思い切って疑問を口にした。すると母の千代は、憐れむような目で十蔵を眺め、笑った。

「おほほほほ、『さるお方の書簡』と『重蔵さまの遺書』がなくて、二十年間に亘《わた》り、数人の忍びらしき者たちに、この屋敷とこの後家が見張られ続けますか？そんなことにも気づかぬ十蔵どのだから、危うくて二品をお渡しできぬのです。泉下《せんか》の重蔵さまも、さぞかしお嘆きでございましょう」

結局、「書簡」と「遺書」が実際にあるのかないのかわからぬまま、所持していないのに所持していることにされ、これだけは母の言葉どおりに、あの手この手で狙われるようになっていた。

「狐崎さま、それくらいにして、一杯やりませんか……」

白髪頭の狸穴三角が五合徳利を持って入って来ると、百目蠟燭《ろうそく》の脇に胡座をかいて、二つの茶碗に酒を満たした。

「有り難い……」

十蔵は、ぐいっと呷《あお》った。まるで水を呑むような勢いだ。

「喉が渇いていた」

三角は苦笑すると、空になった茶碗に酒を注ぎながら、さりげなく訊いてきた。

「さすがの狐崎さまも、贋狐が出て来ては穏やかではなく、眠れぬようですな」

「あははは、図星よ。おれは案外小心者のようだ……」

十蔵が、二杯目も、ぐいっと呑み干す。

「そうこうしているうちに、二十年前のあれが出て来てしまった」

あれが何かを知っている三角が、痛ましそうに十蔵を見た。

狸穴三角は、十蔵の父、北町奉行所与力の狐崎重蔵が何者かに斬殺された事件をよく知っていた。

「もう、二十年も経ちましたか。わたしがまだ三十七、八の定町廻り同心のときでしたから、そうなりますな。あっという間の二十年間のような気がします」

三角も手酌《てじゃく》でぐいっと酒を呷った。

「いまだに狐崎重蔵さまを斬った下手人はわからず、なぜか歴代の北町奉行は、あの事件を封印しようと躍起になった。それもあって二十年経った現在では、北町奉行所内であの事件を知る者は、ほとんどいなくなってしまいました」

「ところが、この二十年間、ずっと狐崎家は見張られていて、最近になって相手の動きが活発になった。どうやら敵は、目障りな八丁堀の狐の抹殺を決断したようだ」

「贋狐はその先駆けだと？」

「たぶん、そうだ」

「むろん黒幕がいる？」

「大物がな」

「その大物に心当たりは？」

「ない。が、北町奉行を自在に操れる人物だ」

「限られますな」

「あるいは、北町奉行を自在に操れる人物を、さらに自在に操ることのできる人物かもしれない」

「そうなると、雲の上の人となる。まさか？」

「そのまさか、かもしれぬぞ」

「もしそうでしたら……」

三角が、躊躇《ためら》いがちに言った。

「こう申しては何ですが、八丁堀与力の狐崎家など、蠅《はえ》、蚤《のみ》、蚊よりも簡単に捻《ひね》り潰されてしまっていたでしょう」

「ところが狐崎家には……」

十蔵は冗談めかして言った。

「金毛九尾の狐が住んでいて、狐崎家を守ってくれている」

「ははは、九尾の狐ですか」

「しかも、女狐で、おれの母だ」

「げっ！　金毛九尾の狐とは千代さまのことでございましたか。あのお方なら……」

三角がさも感心したように何度も頷いた。

「たとえ敵が公方さまであろうとも、ころりと化かしてしまわれるでしょうな」

狸穴三角と十蔵の母の千代とは同い年だ。そして天女のように美しかった八丁堀小町の狐崎千代は、若き見習同心狸穴三角の片恋《かたこい》の相手だった。

第二章　女《め》狐《ぎつね》

一

岡場所にも、後朝《きぬぎぬ》の別れはある。

早暁《そうぎょう》（午前四時ごろ）、「大根や」のお蓮は、御家人の日比野主膳を木戸まで送りに出た。

「ふわーっ、もう、くたくた……」

大きな欠伸《あくび》をして、朋輩《ほうばい》にぼやく。

「まったく、日比野の旦那は、女郎殺しの腎張《じんばり》だよ。朝まで休まずに突っつかれて、すり切れそうさ」

お蓮は、ふらふらとよろけながら二階にあがって、部屋に入ると布団《ふとん》に倒れ込んだ。

岡場所の女郎はこれから寝て、九つ（正午）からの昼見世に間に合うように、五つ半（午前九時）ごろに起こされる。

朋輩たちが布団に入り、階下から聞こえていた後片付けの物音が止むと、女郎屋に束の間の静寂が訪れた。

ごそっ！

お蓮が寝返りを打った。

眠れない。いや、眠る気など毛頭なかった。

お蓮は今日のうちに足抜《あしぬ》けをするつもりだった。

明け六つ（午前六時）の鐘が鳴って、町木戸が開いたら、こっそりと「大根や」から逃げ出すつもりでいた。

〈あたしゃ、捕まったら半殺しの目に遭う足抜けなんか、できるものならしたくないんだよ〉

お蓮は、白く光る目で暗い天井を眺め、恨めしげに心中《しんちゅう》で呟《つぶや》いた。

〈でも、逃げないと殺される。冗談じゃないわよ。あたいが一体、何をしたって

いうのさ……〉

ことの起こりは、三日間居続《いつづ》けだった根津の辰三を、岡っ引きの池之端の孫六が、商人ふうの男を伴って訪ねて来たことだった。

「邪魔するぜ」

孫六は、横柄な態度で座敷に入って来た。

「辰三、相良屋の番頭の角蔵さんが、おめえに鼈甲の張形を造ってもらいたいそうだ。手間賃は余所《よそ》より格段に高くて、一本五両と弾んでくださる。どうでえ、豪儀《ごうぎ》な話じゃねえか。辰三、世話をしてくださる角蔵さんによく礼を言いな」

「てやんでえ！」

辰三が、酔眼《すいがん》を据えて怒鳴った。

「ふん、折角だが、わしは両国薬研堀の四つ目屋忠兵衛以外には、鼈甲の張形は造らねえと決めたんだ。

さあ、野暮な話は酒が不味《まず》くなる。わかったら、とっとと出てってくれ。お蓮、あとで塩をまいときな！」

「な、何だあ、辰三、その言い種《ぐさ》は！」

孫六が悪党面を真っ赤にして怒鳴った。

「おめえのためだとわざわざ足を運んでやったのに、酒が不味くなるだあ？　塩をまけだあ？

辰三、てめえ、いってえ、何様のつもりだ！

まさか根津界隈で、この池之端の孫六に楯突いて、無事でいられると思ってんじゃねえだろうな！」

「無事でいられなきゃ、どうなるんだい、池之端の親分さんよ」

根津の辰三は酒癖が悪かった。しかも、日頃から威張り散らす孫六を不愉快に思っていたらしく、ここぞとばかりに悪乗《わるの》りをして、執拗に絡みはじめた。

「楯突くのが気に入らねえと、あっしを召し捕って島流しにでもするかい？

まさか、殺しはしねえだろうな。

無闇矢鱈《むやみやたら》と威張っている人間てぇのは、意外に気が小せえと言うから、いひひひ、殺す度胸はあるまいて。

どうでえ、池之端の親分さんよ。ここはひとつ度胸を決めて、楯突いた根津の辰三を、今後の見せしめのために殺してみちゃあ。

いっひひひ、匕首《あいくち》で突いて赤い血が出なかったら、お代はいらねえよ」

池之端の孫六のこめかみがぴくぴくと痙攣《けいれん》するのを見て、お蓮は慌てて止めに入った。

「辰さん、いい加減におし！」

お蓮は辰三を叱って、孫六に頭をさげた。

「親分さん、辰さんはご覧のようにひどく酔っております。明朝、酔いが醒めたら必ずお詫びに行かせますから、どうか、許してやってください」

すると、相良屋の番頭の角蔵が、詫びは無用というふうに手を振った。

「いやいや、辰三さんのお怒りはごもっともで。非はお楽しみの邪魔をしたこちらにございます。さ、親分さん、今夜のところは引きあげましょう」

「そうはいかねえ」

孫六が辰三を睨んでいる。

「これだけ虚仮《こけ》にされて、このまま黙って引き下がったんじゃ、池之端の孫六の名が廃《すた》りまさあ」

「おやっ……？」

角蔵が冷めた表情になって孫六を見た。

「親分さん、わたしが申しあげたことが、聞こえなかったとでも？」

「め、滅相もござんせん」

とたんに孫六が顔色を変えた。ひどく角蔵を怖れているようだ。

「今夜のところは引きあげましょう。が、明朝、きちんと辰三に詫びを入れさせますぜ」

「仕方がありませんな。お蓮さん……」

角蔵が、微苦笑を浮かべた。

「明朝、辰三親方を細工場まで送って行って、孫六親分と会うまで、一緒にいてもらえませんか。お蓮さんがいれば、さっきのような喧嘩にはならないでしょう。

むろん帳場は通しておきますし、お蓮さんにも十分な礼をいたします。いかがでしょうか？」

お蓮はどうしたものかと辰三を見た。が、辰三は仏頂面《ぶっちょうづら》をして、そっぽを向いている。

まるで拗《す》ねた子供だ。放ってはおけなかった。

お蓮が承知をすると、角蔵は満面に笑みを浮かべ、不機嫌な悪党面の孫六を促して座敷を出て行ったのだった。

早暁、お蓮は「大根や」を辰三といっしょに出て、木戸の潜り戸を抜けた。

辰三は家に入ると、細工台の前で横になり、すぐに鼾《いびき》を掻いてしまった。

「辰さん、こんなところに寝てしまって、風邪を引いてもしらないよ」

お蓮は、四畳半に重ねてあった布団から薄掛《うすが》けを持ってきて辰三の体に掛けてやり、自分は四畳半に布団を敷いて横になった。

どれほど眠ったか、物音で目が覚めた。

仕事場に、誰か、いるようだ。

「ぐへへへ」

気味の悪い笑い声がして、辰三の鼾が止んだ。

「梅次《うめじ》、早くやれ！」

押し殺した声が命じた。

「ぐへへへ、孫六親分、いまやるだ。根津の辰三を、いま殺すだ。ぐへへへ、えいっ、どうだ！　えい、えいっ！」

「むぐぐっ！」

辰三が呻き声をあげた。

「だ、誰でえ！」

苦しげな、絶叫だった。

「あっ、てめえは孫六！　く、くそっ、やりゃがったな！」

「おれじゃねえぜ、辰三！」

池之端の孫六の憎々しげな声だ。

「おめえを刺したのは、瘡持《かさも》ちの梅次よ。くくく、おれに楯突くから、こんな目に遭う。どうだ、辰三、思い知ったか！」

お蓮は起きあがって、細工場を覗いてみた。

夜明けの仄明《ほのあ》かりの中で、忍び込んだ二人の男が、寝ていた辰三親方を押さえつけていた。

一人は岡っ引きの池之端の孫六だ。

もう一人は、瘡毒《そうどく》（梅毒《ばいどく》）が脳にまわって、半ば廃人同然の遊び人、瘡持ちの梅次だった。

梅次は、匕首《あいくち》で辰三の腹を抉《えぐ》っていた。

梅次の目は虚《うつ》ろだ。

瘡毒に効く鎮痛薬の麻黄《まおう》の副作用で、阿片《あへん》の中毒者に似た恍惚《こうこつ》状態に陥っているようだ。

麻黄とは、中国奥地に生える木賊《とくさ》に似た草の茎《くき》から採った「魔女の秘薬」と呼ばれる、咳《せき》、解熱、癪《しゃく》、鎮痛などに効き目のある漢方薬の一種だった。

また、別のある種の生薬《しょうやく》と混ぜたものを服用すると陽《よう》を発し、後世のヒロポンに似た向精神《こうせいしん》作用があった。むろん、長期間多量に服用すると、阿片と同じように中毒になり、やがて廃人になった。

辰三親方は、腹から血を流して動かなくなっていた。

梅次が涎《よだれ》を垂らして、ぐへへへと笑い、血塗《ちまみ》れの匕首を持ったまま立ちあがった。

かつて梅次は凄腕の殺し人だったという噂もあった。

「どんなもんだい。おりゃ、根津の辰三を殺った……。ぐへへへ、孫六親分、約束の薬をくれ！　五包み、早くくれ」

孫六は、懐から麻黄の包みを五つ取り出し、渡した。

「ぐへへへ、孫六親分、これをくれりゃ、いつだって、やってやるぜ。ぐへへへ、人殺しをよ」

梅次は、よろけながら戸口に向かう。そろりと戸を開け、するりと体を出して後ろ手で戸を閉めた。

殺し人の梅次は、危険を避ける本能だけは、まだ失っていないようだった。

「お蓮、そんなとこにいねえで、こっちへ来な！」

孫六に呼ばれ、細工場に下りたお蓮は、血を流して死んでいる辰三の姿を正視することができなかった。

「親分、あたしゃ、面倒はいやだよ」

お蓮は、蓮《はす》っ葉《ぱ》に言った。

「何も見なかったことにするから、帰っていいかい？」

「そうはいかねえぜ。お蓮、お前も共犯だ。が、心配はいらねえ。細工は流《りゅう》流《りゅう》、仕上げをごろうじろで、根津の辰三を殺した下手人は、おれたちじゃねえ。ちゃんと、他にいるんだ」

「どういうことだい？」

「わからねえか。お前が寝物語に辰三から訊き出して、おれたちに教えてくれたことなんだぜ」

「ああ、四つ目屋の……」

「そうだ。今日ここへ来ることになっている、四つ目屋忠兵衛の奉公人の猪吉だ。問答無用で召し捕って、石を抱かせて自白させちまうから、お蓮、おめえにも一役買ってもらうぜ」

お蓮は断れなかった。自業自得だと唇を噛む。お蓮は孫六に脅されて辰三を裏切っていたのだ。

むろん、金をもらった。当然だ。もらった三両は、岡場所の女郎にとって、良心を売っても悔いのない大金だった。

金を出したのは、相良屋の番頭の角蔵だった。孫六は角蔵から五両受け取り、二両を自分《おのれ》の懐に入れた。

それでもお蓮は満足で、辰三が四つ目屋忠兵衛の注文で鼈甲の張形を三本造ること、上質のタイマイの甲羅《こうら》を預かったこと、猪吉が弟子になることなどを孫六に教えたのだ。

「お蓮、おれたちゃ、一蓮托生《いちれんたくしょう》だ。それを忘れるんじゃねえぜ」

孫六は悪党面で凄んで見せ、タイマイの甲羅を小脇に抱えると、死体とお蓮を残してさっさと出て行った。

お蓮は真っ青な顔で「大根や」に戻り、仮病を使って布団部屋に籠もったまま孫六からの連絡を待った。

〈辰さん、ご免よ〉

お蓮は声を殺して泣いていた。

〈こんなつもりじゃなかったんだ〉

八つ半、下っ引きの亀吉が、お蓮を呼びに来た。

亀吉について行くと、根津の辰三の家の手前で、孫六と下っ引きの鉄二と一太が待っていた。

「さっき猪吉が家に入った。辰三の死体を見つけて、腰を抜かしているころだろうよ……」

孫六が、酷薄な笑みを浮かべて言った。

「お蓮、抜かるんじゃねえぜ。とにかく、大声で悲鳴をあげろ。そうすりゃ、おれたち四人が飛び込んで、問答無用とばかりに捕縄《とりなわ》を投げて、ぐるぐる巻きに猪吉をふん縛《じば》っちまう。さあ、お蓮、早く行け！」

孫六が、怖い目になって顎をしゃくった。

「もし、お前が行く前に猪吉が出て来てしまったら、罠はおじゃんになる。さあ、お蓮、ぐずぐずするんじゃねえ！」

「わかったわよ」

お蓮は邪険に応《こた》えると、小走りに辰三の家に向かった。

もう、やるしかない、と腹を括《くく》る。

がらっと戸を開け、驚く猪吉を見て、大声で悲鳴をあげた。

「きゃあーっ！　人殺し！」

お蓮は、それで三両分の仕事をやり終えた。

「だ、誰か、来ておくれ！　辰三親方が、殺されたよ！」

この叫び声で、猪吉は召し捕られ、すべてが終わるはずだった。

ところが、大口を叩いた孫六が猪吉を取り逃がしてしまい、形勢が一気に逆転してしまった。

気がついたら、お蓮は敵からはむろんのこと、味方からも狙われるという、絶体絶命の窮地に立たされていた。

「お蓮、ここにいては危険だ……」

昨夜の客だった日比野主膳が言った。

「いずれ、町方に捕まってしまうぞ」

絶倫男の主膳は、飯田町の悪御家人で、岡っ引きの孫六や、相良屋の角蔵の悪《わる》仲間だった。

「明日、角蔵がお前を身請けする。おれが、角蔵に頼んでおいた。それで自由になったら、お蓮、どこか安全なところへ逃げて、しばらく身を隠せ」

〈ふん、身請けだなんて、どうせ日比野の旦那と角蔵は……〉

お蓮は喜んだふりをしながら、主膳の言葉をすこしも信じていなかった。

〈あたしをここから連れ出して、口封じをするつもりなんだ。冗談じゃないよ。二人とも見てるがいい。あたしゃ、身請けをされる前に、『大根や』から足抜けをしてみせてやる〉

待つ時間が果てしなく長く感じられた。が、ようやく明け六つ（午前六時）の鐘が鳴った。

「大根や」は、寝静まっている。

お蓮はそっと見世を出て、一度だけ振り向き、朋輩に心の中で別れを告げた。

〈みんな、さようなら〉

木戸は開いていた。

〈さあ、逃げてやる〉

あっけなく、根津門前町を後にした。

ところが、宮永町との間に稲荷の社《やしろ》があって、そこから四つの黒い影が躍り出て来た。

岡っ引きの池之端の孫六と、三人の下っ引きだった。

「お蓮、こんなことだろうと思って待っていたぜ」

「ひいっ！」

お蓮は悲鳴をあげ、全身から力が抜けて頽《くずお》れた。

殺される！

女郎屋の追っ手なら、足抜けの折檻《せっかん》で済む。が、孫六の目的は口封じだ。

「安心しな。殺しゃしねえ」

お蓮の心中を見透かしたように孫六が言った。

「お前を殺したら、日比野の旦那に斬られちまう。と言って、お前が捕まると、おれまで危うくなる。しばらくの辛抱《しんぼう》だ。大人しくしていてもらうぜ。おい……」

三人の下っ引きに命じた。

「お蓮を縛って、納屋《なや》にぶちこんでおけ」

どうやら孫六は、お蓮を捕まえたことを「大根や」に知らせるつもりはなさそうだった。が、喜んでばかりもいられない。孫六は誰にも知らせず、ひそかにお蓮を始末してしまうことくらい、平気でやってのける悪党だった。

二

編笠に着流しの狐崎十蔵は、長脇差《ながどす》と十手を帯に差した伊佐治と、重そうに長脇差を腰に落とした七蔵を供に連れて、躑躅《つつじ》が見ごろの根津神社境内の茶屋にいた。

「ここの甘酒は……」

十蔵が、満足そうに呟《つぶや》いた。

「いつ呑んでも、旨《うめ》えな」

「さようで……」

七蔵が、相槌《あいづち》を打つ。

「あっしはここの甘酒が大好物でして、これでまた寿命が延びたような気がいたしやす」

「へへへ、たしかに甘酒は旨えが……」

伊佐治が茶化した。

「七蔵さん、寿命の方はどうかな。さっきから妙な連中が、入れ替わり立ち替わり、こっちの様子を窺っているようですぜ。狐の旦那、あっしらが思った以上に、根津門前町は大変なことになっているんじゃねえでしょうか」

「そうだな。何かありそうだ」

十蔵は嬉しそうだ。

この十蔵の、ことがあれば喜ぶ性格は天性のものだ。起倒流柔術の師、鈴木清兵衛に教えられた言葉「あって人生」（何かが起きてこその人生）を座右の銘にしていた。

「それじゃ……」

十蔵がゆっくりと腰をあげる。

「辰三殺しの探索を始めようか」

三人は、根津門前町の「大根や」に入った。

まだ昼見世には間がある時間なのに、妙に騒がしい。化粧前の女郎たちがはしゃいでいて、男衆は殺気立っていた。

「邪魔するぜ」

伊佐治が十手を見せ、遣り手婆《やりてばば》の腕を掴んだ。

「何があった?」

「この騒ぎを見てわからないんですか……」

遣り手婆が、黄色い歯を剥いた。

「女郎の足抜けですよ」

伊佐治は、とっさに浮かんだ女郎の名を言った。

「まさか、お蓮じゃ?」

「おや、親分さん、お蓮をご存じで?」

「じゃ、やっぱり」

「そうですよ。あの女狐ですよ。みんなすっかり化かされて、ようやくいまになって、お蓮が足抜けしたって気がついたんですよ」

「そいつは迂闊《うかつ》だったな。女郎の足抜けは……」

伊佐治が、気の毒そうに言った。

「てえげえ、その日のうちに捕まるものだ。が、お蓮は根津の辰三殺しに関わりがある。こいつは、簡単にゃ見つからねえかもしれねえぜ」

「誰でえ? 利いたふうを抜かすのは……」

ドスの利いた声がして、血相を変えた孫六が入って来た。

「おやっ、てめえは、切られの伊佐治！　な、何だって、おれの縄張りに首を突っ込みゃあがる。とっとと出て行かねえと、後悔することになるぜ」

「これは池之端の孫六親分、挨拶が遅れてすまねえ。おれたちゃ、殺された根津の辰三親方の弔《とむら》いで世話になった、ここの楼主《ろうしゅ》『大根や新右衛門《しんえもん》』に礼を言うため、ちょっと寄っただけだ。そう悪くとらねえでくれ」

「そ、それならそうと……」

孫六は、伊佐治に下手に出られて勝手が違ったのか、しきりに編笠の十蔵を気にしはじめた。

「先に言ってくれりゃ、おれも声を荒らげたりしねえ。ところで伊佐治、もしかしてこちらは……？」

そう言われて十蔵は、ゆっくりと編笠をとった。

「おれは狐だ」

涼しげに微笑《わら》って、さらりと訊く。

「孫六、おめえ、お蓮の居場所を知らねえかい？」

「な、何でえ！」

孫六が顔色を変えて後退《あとずさ》った。

「お、おれが、何で！」

十蔵は斟酌《しんしゃく》なく攻めた。

「その悪党面は、知っている顔だ。人の目は騙せても、八丁堀の狐の目は誤魔化《ごまか》せねえぜ」

「へっ、こきゃあがれ！」

居直った孫六が啖呵《たんか》を切った。

「八丁堀の狐だか狸《たぬき》だか知らねえが、こっちには筆頭与力の狩場惣一郎さまがついている。根津の辰三を殺した、手下の猪吉を庇《かば》おうったって、そうはいかねえんだ。わかったかい。あとで吠《ほ》え面《づら》かかせてやるから、覚悟しやがれ！」

「あととお化けは……」

伊佐治が、捨て台詞を残して逃げて行く孫六の背に浴びせた。

「出たためしがねえってよ」

「あははは」

十蔵は愉快そうに笑って、遣り手婆に言った。

「聞いてのとおり、おれは北町奉行所与力の狐崎十蔵だ。新右衛門に会わせてくれ」

「大根や」の新右衛門は、にこやかな顔をした、布袋《ほてい》さまのような太鼓腹を抱えた男で、古希（七十歳）に近い老人だった。

岡場所の楼主は、仁、義、礼、智、忠、信、孝、悌《てい》の、人として生きるに必要な八つの徳を忘れた者、亡八《ぼうはち》と呼ばれた。が、新右衛門は気さくで話し好きな好《こう》好爺《こうや》だった。

「苦界《くがい》と言われる岡場所にも、たまには好きで女郎をやっているような女がいましてな、お蓮はどちらかといえば、そういった女郎でしたよ。

ご面相はお世辞にも美しいとか可愛いとは申せませんし、たしか歳も輝きを失った草臥《くたび》れた肌の三十路《みそじ》になっていたはずでございます。

おまけに上総《かずさ》（千葉）生まれで口が悪く、まるで取り柄のない女のようですが、意外に情が深くて優しくて、何より床上手というので、遊び慣れた客には人気がありました。根津が生んだ名人、鼈甲職人の辰三親方なんぞは、冥途《めいど》の土産《みやげ》にと三日間も居続けたほどでございます」

新右衛門は、年の功で、際どい冗談をさらりと言ってのけた。さすがに亡八は、悲しみを笑いに転ずる術《すべ》を心得ているようだ。

そして、表情を改めて続けた。

「ところで、お蓮には身請けの話がありましてな。早ければ今日の午後にも、お蓮は自由の身になれたのですよ。

なぜそんなときに、どう転んでも割に合わない足抜けをしたか、まったくもって不思議でなりません」

「身請けですと？」

これには、十蔵も驚いた。

「一体、誰が？」

「はい、さる大店《おおだな》の番頭さんが……、昨夜、急に決まりまして」

「さる大店とは？」

「はい、さる大店でございます。それ以上は、わたしどもの口からは申しあげられません。お察しください。ところで、あなたさまはどなたでございましたでしょうか？」

十蔵は、新右衛門が呆《ぼ》けたのかと、まじまじと顔を見た。

「いやいや、面目ない。が、呆けてはいませんぞ。奥へ取り次ぎに来た遣り手婆さんは、入れ歯をがくがくさせて喋るし、わたしの方は耳が遠いときている。一向に要領を得ない。えい、ままよ、適当にあしらってやれと。いやいや、申し訳ない。北町の与力さまということで、よろしゅうございますか」

十蔵は哄笑《こうしょう》し、あらためて大声で名乗った。

「おれは、人呼んで八丁堀の狐。北町奉行所与力の狐崎十蔵だ。見てのとおりの横紙破りで、上役や悪党どもには蛇蝎《だかつ》の如く嫌われている」

「これはこれは、あなたさまが……」

新右衛門が、心から嬉しそうな顔になった。

「かの有名な八丁堀の狐さまでしたか！　お会いすることができて、光栄でございます」

これは眉唾《まゆつば》だ。

八丁堀の狐は「寛政の改革」で、老中首座松平定信の片腕として、岡場所の取り潰しに辣腕を振るったことがある。

もっとも、根津門前町の岡場所は、将軍家縁《ゆかり》の根津権現の門前町ということで、手入れの順番を遅らせているうちに、定信が失脚し、十蔵にも奉行所への出仕無用の沙汰が下ったのだが、いまでも江戸中の岡場所の亡八には、八丁堀の狐は、疫病神《やくびょうがみ》として忌み嫌われているはずだった。

「そうか、光栄か。有り難うよ」

十蔵は意地悪く、新右衛門の言葉尻を捉えて、追いつめた。

「それじゃ、大店の番頭のこと、話してくれるな？」

十蔵の目の奥で、ゆらっと狐火が揺らいだ。ぶるる、と新右衛門が体を震わせ、目を閉じると太鼓腹を両手で撫でた。

「こいつは、弱りましたなあ。わたしらのような弱い立場の岡場所の亡八は、ぺらぺらと口が軽そうでも、肝心なことは、すべてこの腹に納めて何も喋っておりませぬ。それが証拠に、ご覧ください、腹がこんなに膨らんでしまいました。ですから、相良屋の番頭の角蔵さんが、一度も敵娼《あいかた》になったことのないお蓮を身請けするような不思議があっても、誰にも喋らないのが亡八の心得というものでございます。はい、さようなら」

新右衛門は、ゆさっと太鼓腹を揺すると、大儀そうに立ちあがって背を見せた。

十蔵はその背に向けて、真摯《しんし》な声をかけた。

「おれは根津の辰三を殺した下手人を許さねえ。草の根を分けてでも探し出して、獄門台に送ってやる。が、もしお蓮がこの事件の巻き添えを食らって、酷い目に遭っているようなら、おれはすべてに優先してお蓮を助けることを約束する」

「お蓮が聞いたら……」

新右衛門の声が嬉しそうだった。

「わんわんと、大泣きをするでしょうな」

十蔵は、伊佐治と七蔵を促し「大根や」を出た。

三

その足で、三人は裏通りにある根津の辰三の家に向かう。

「これは狐崎さま……」

出迎えたのは、定町廻り同心の梶山伊織だった。

十手片手の池之端の孫六と、寄棒（六尺棒）を持った三人の下っ引きが従っている。さっそく吠え面をかかせに来たようだ。

「たかが女郎の足抜けに、『狐の穴』のご出動でございますか？」

梶山伊織は、十蔵を目の仇にする筆頭与力狩場惣一郎の配下だけあって、十蔵に向かって喋る言葉に棘《とげ》があった。伊佐治と七蔵の癖のある顔を、胡散臭《うさんくさ》げに眺めながら訊いてきた。

「猪吉はお連れじゃねえんですか？」

「ああ、猪吉か……」

十蔵が、躊躇《ちゅうちょ》なく答えた。

「あいつは半月前から、四つ目屋の商用で上方《かみがた》に行っている」

「でたらめだ！」

池之端の孫六が、悪党面を真っ赤にして進み出た。

「猪吉は、昨日《きのう》、鼈甲職人の辰三を殺した。おれと、お蓮が見てるんだ。梶山の旦那、狐に騙《だま》されちゃ駄目ですぜ。猪吉が上方に行ったなんて、大嘘に決まってまさあ！」

「こいつは驚いたぜ。江戸にいない猪吉が、鼈甲職人の辰三を殺したところを見ただと……」

十蔵が鋭い視線で孫六を射竦《いすく》めて含み笑った。

「ふふ、孫六、語るに落ちたな。これですくなくとも、孫六は辰三の死体の傍《かたわ》らにいたことを自供した。梶山、そうであろう？」

若くて経験の浅い定町廻り同心を振り向き、与力らしい厳しい口調になった。

「ここへ来る途中で聞き込みをした、根津門前町と宮永町の岡場所では、鼈甲職人の根津の辰三を殺したのは、岡っ引きの池之端の孫六と、『大根や』の女郎お蓮だという、まことしやかな噂が流れていた。むろん、孫六とお蓮は、調べたであろうな？」

「そ、それは……」

「どうした？」

十蔵も意地が悪い。結構、陰湿《いんしつ》で狡猾《こうかつ》なところがある。だから狐と蔑称《べっしょう》されているのだ。

「まさか身内ってことで、手を抜いたんじゃあるめえな？」

「み、身内に甘いのは、てめえの方じゃねえか！」

孫六が激昂して見境なく叫んだ。

「誰が何と言おうが、根津の辰三を殺したのは、八丁堀の狐の手下の猪吉だ。狐は手下の罪を、おれとお蓮に着せるつもりだ！　こんな質《たち》の悪い狐は、おれが退治してやる！」

血迷った孫六が、同心の梶山が制止する間もなく、十蔵の面前に向けて十手を振りあげた。

「これでも喰らえ！」

孫六は、狐が柔術の達人だとは聞いていたが、柔術そのものを舐めていた。斬られたら死ぬが、投げられても死にはしないと、高を括っていた。

十手を振りあげたとき、懐に飛び込まれた。と、感じた瞬間、すでに体が宙に舞っていた。

「どりゃーっ！」

竜巻に巻かれたように、体が回転しながら上昇して行く途中で、狐の裂帛《れっぱく》の気合いを聞いた。

な、なんだ、これは、これが狐の柔術か、そ、そんなはずがない、竜巻が起きたんだ、お、おれは、運悪く竜巻に巻かれたんだ、と孫六は上昇しながら考え、錐揉《きりも》み状になって、地面に向かって落下するときには、恐怖で頭が真っ白になって、絶叫をあげた。

「うわあーっ、助けてくれーー！」

起倒流柔術の必殺技、竜巻落としを放った十蔵は、孫六の頭が地面に激突する寸前、腕を伸ばして孫六の着物の袖を摑んで引いた。

ずだーん！

大きな音を立てて、受身《うけみ》を知らぬ孫六の背中が、もろに地面に強打した。

「うぎゃーっ！」

孫六は息を詰まらせ、気を失った。が、十蔵が袖を引かなかったら、首の骨を折るか、頭を割って脳漿《のうしょう》を撒き散らしていたところだ。

「あ、わわわ……」

定町廻り同心の梶山伊織は、竜巻落としの凄まじさに声にならない声をあげて、寄棒を持った三人の下っ引きに、手向かうなと手で制止した。

三人の下っ引きも、顔面蒼白で半ば腰を抜かしていた。

伊佐治が十蔵を見て、下っ引きを嚇《おど》していいかと、目顔で訊いた。

十蔵は微笑み、やってみろと頷く。

「こらっ、てめえら三人、埋《う》めたろか！」

伊佐治は形《なり》は小粒だが、声は大きい。

刀疵《かたなきず》のある顔は怖ろしく、嚇しの文句は博徒《やくざ》の代貸のときのものだ。

そして、おそろしく手が早かった。

ぱん、ぱん、ぱん！

平手打ちを食らった三人の頬が、小気味《こきみ》よい音を立てた。

「やいっ、てめえら、お蓮をどこへ隠した？　さあ、三人一緒に答えやがれ！

それっ、ひい、ふう、みい、どこだ？」

「ま、孫六親分の……」

一太が、

「家の庭の……」

鉄二が、

「納屋《なや》に縛って放り込んである」

亀吉が答えた。

「伊佐治、でかした。見事だぞ！」

十蔵は褒《ほ》め、一太に案内させて、池之端の孫六の家に向かうことにした。

気絶している孫六、同心の梶山伊織、下っ引きの亀吉、鉄二は、その場に残した。

孫六を手放すのは惜しいが、「大根や」の新右衛門との約束を優先させた。

納屋にはお蓮が縛られて転がされていた。

「ひでえことをしやぁがるぜ」

七蔵が、お蓮の縛《いまし》めを解き、助け起こす。

「姐《あね》さん、大丈夫かい？」

「あ、ありがとう、助かったわ……」

お蓮は礼は言ったものの、怯えた目を見開いて、見知らぬ十蔵たちを眺めていた。

「あんたたち、『大根や』の追っ手かい？　そうじゃないみたいだけど……、何だ、十手持ちかい」

伊佐治が帯に差している十手に気づいたようだ。

「あたいをここへ放り込んだ、十手持ちの池之端の孫六は、どうしたんだい？」

「孫六は、あっちで伸びてるぜ。おれは八丁堀与力の狐崎十蔵だ。もしお前が根津の辰三を殺していないのなら、お前を守ると『大根や』の新右衛門と約束した。

お蓮、おれにゃあ正直に答えるんだぜ。おめえ、根津の辰三を殺しちゃいめえな」

「あ、あたしは、辰さんを殺したりするもんか！　う、嘘じゃないよ。辰さんは、あたいが吐《つ》く見え透いた嘘を、いつも笑って許してくれた。そんな人、辰さんしかいなかったよ。

辰さんは以前、所帯を持っていて、待望の男の子が生まれたとき、おかみさんが吐いた、たった一つの嘘を許すことができなくて、乳飲み子を抱いたおかみさんを家から追い出してしまったんだって。

辰さんはそのことをとっても後悔していた。だから、女の嘘は金輪際《こんりんざい》責めないと、莫迦《ばか》みたいにあたしに優しくしてくれたんだ。そんな人を殺すわけがないじゃないか」

「じゃあ、誰が殺した。教えてくれねえか」

「し、知らないよ。そんなこと、あたいにどうして訊くのさ？」

「お蓮、その嘘まで、笑って許してもらうつもりか！」

十蔵が烈火《れっか》の如く怒った。

「辰三に甘えるのも、いい加減にしろい！」

「うわああっ！　あ、あたいが、止める間もなかったんだ！」

お蓮は大声で泣きながら喋りはじめた。

「物音で目が覚めて細工場を覗いたら、池之端の孫六親分が細工台の前で寝ていた辰三親方の体を押さえつけ、瘡持ちの梅次が、匕首で辰さんの腹を刺していたのさ。あ、あたいは怖くて、見ていることしかできなかったんだ！　あ、あたいは……」

「お蓮、もういい。これで孫六と梅次をお縄にできる。きっと辰三も、あっちで礼を言ってるぜ」

「あたいはどうなるの？　喋ったから孫六の仲間に殺されちまうよ。孫六の仲間には奉行所の役人もいるから、あ、あたい、どこにも逃げ場がない」

「お蓮、心配するねえ！」

十蔵は、優しく言った。

「悪党の一味も奉行所の役人も、滅多なことじゃ手が出せねえ、老中首座松平信明さま肝煎《きもいり》の隠し番屋がある。そこへ、匿《かくま》ってやろう」

「そこ、牢屋《ろうや》かい？　あたい、牢屋はいやだよ」

「あははは、牢じゃねえ。四つ目屋忠兵衛の地下にある『狐の穴』だ。おれたちの塒《ねぐら》だよ」

「それなら安全そうね」

お蓮がはじめて微笑んだ。

「それじゃ、邪魔が入らねえうちに、引きあげるとするか……」

十蔵はそう言って、伊佐治を見た。

「北町奉行所へ回って、このことを三角に知らせてくれ」

「合点！」

「七蔵、町駕籠を一挺、拾ってきてくれ」

「承知の助《すけ》！」

打てば響くで、陽気に応じた二人が納屋から飛ぶように出て行った。が、すぐに顔色を変えて戻って来た。

「狐の旦那、妙な連中に出口を塞がれやした！　こっちへ押し寄せて来やす！」

「伊佐治、妙な連中じゃ、わからねえぜ」

「へい、すみやせん。黒装束《しようぞく》に黒覆面、腰に黒鞘《くろざや》の大小二刀、屈強な体軀《たいく》の武士が七人でした」

「真っ昼間から黒ずくめか……」

十蔵は声に出して呟き、いよいよおいでなすったかと、背筋が凍るような戦慄《せんりつ》を覚えた。

四

黒装束に黒覆面の七人が、物々しく抜刀して、納屋を包囲していた。

「お蓮！　無事か？」

首領らしき男が、くぐもった声で叫んだ。口に綿を含んでいるような声だ。

「助けに来たぞ！　返答せよ」

十蔵は窓から外を見て、お蓮に訊いた。

「誰だ？」

「知らないよ」

「声に聞き覚えは？」

「ないよ」

「あの恰好を見たことは？」

「あんな烏《からす》天狗みたいな連中、はじめてさ」

「そうか、妙だな」

するとすかさず、伊佐治が半畳《はんじょう》を入れた。

「狐の旦那、どう妙なんで？」

さっきのお返しだ。伊佐治は楽しんでいるようだ。抜刀した七人の構えを見て、これなら何とかなると見てとったのだろう。

十蔵も同感だった。

「烏天狗の狙いは、おれのはずなんだ……」

妙だと感じた理由を口にした。

「八丁堀与力、狐崎十蔵の抹殺のはずなのに、こいつらからは何としてでも仕留めるといった執念と殺気が感じられない。

半分、遊びでやっているようだ。が、こんなことを遊びでやるはずもない。

だから妙なんだ。不気味なんだよ。伊佐治、七蔵、おめえら、お蓮を守れ。納屋を出て母屋《おもや》に飛び込み、そこから外へ逃げろ。おれじゃなくて、お蓮の口封じに来たってこともあるからな」

「へい、わかりやした。で、旦那は？」

「おれか……」

十蔵の目の奥で狐火が揺らいだ。

「鬼《おに》が出るか蛇《じゃ》が出るか、こいつらと遊んでみよう」

十蔵は納屋の戸を開け、躍り出ると同時に大声で名乗って、刀を抜いた。

「おれは八丁堀与力、狐崎十蔵だ！」

その勢いに、包囲していた七人が、鋭く反応した。

白く光る七振りの刀刃《とうじん》の切っ先が一斉に十蔵に向けられ、抑えられていた殺気が、堰《せき》を切ったように流れた。

どうやら七人は、連携《れんけい》して動くように訓練された、暗殺剣《あんさつけん》の遣い手のようだ。

「おめえら、何者だ？　断っておくが……」

十蔵が刀を肩に担いで、得意の台詞《せりふ》を浴びせた。

「町方は斬らずに捕えるのが御定法《ごじょうほう》だが、おれは刃向から賊は容赦なく叩っ斬る。命が惜しけりゃ、どいてな！」

「おのれ、町方風情《ふぜい》が小癪《こしゃく》な！」

首領が怒りの声をあげた。

「それっ、狐を生け捕れ！　手足の一、二本、斬っても構わぬぞ！」

十蔵は、その声が終わるやいなや、首領に向かって跳躍していた。

「きええーっ！」

裂帛の気合いを発し、馬庭念流の迅《はや》い剣を、ぶんと一閃させる。

「うわあっ！」

凄まじい刃音と刃風に、首領が悲鳴をあげて仰《の》け反《ぞ》り、尻餅を突いた。

「おっと、まだ斬っちゃいねえ！　倒れるのは早いぜ」

十蔵は首領を嘲弄《ちょうろう》し、七人の囲みを突破して納屋から離れた。

「お、追え！　狐を逃がすな！　手に余ったら、斬れ！　構わぬから、斬り捨てろ！」

首領が、醜態を恥じたかのように逆上して叫んだ。すかさず、十蔵が叫び返した。

「巫山戯《ふざけ》るねえ、賊が町方与力を斬るってか！

そんな逆《さか》しまを、お天道さまが許しゃしねえ。てめえらのような黒装束、黒覆面の賊にこそ、このおれが引導を渡してくれよう。

叩っ斬ってやる。が、ここは手狭《てぜま》だ、表に出やあがれ！」

十蔵は、思いっ切り憎体《にくてい》に挑発して、孫六の家を飛び出した。

「に、逃がすな！　追え」

首領を先頭に、七人が追って来た。

思う壺《つぼ》だ。この間に、伊佐治、七蔵、お蓮は逃げることができるだろう。

十蔵は、しばらく走り、ころやよしと反転するや、追っ手の一人の面上に、電光石火の斬撃を浴びせた。

「きええーっ！」

きらっと稲光《いなびかり》のような閃光が縦に走り、両断された黒覆面が、はらりと落ちた。

「ひ、ひえーっ！」

髷を銀杏《いちょう》に結った三十半ばの武士が、両手で顔を覆い、へなへなと腰砕けになった。

「お、おのれ！」

十蔵の凄まじい剣に気を呑まれ、無念の声をあげた追っ手の足が止まった。斬り込む気力を失ったようだ。

首領が後方を振り向き、過ちに気づいて嘆息した。

「くそっ、謀《はか》られた！　狐に化かされた！　まんまとお蓮に逃げられてしまったわ」

首領は完敗に開き直ったのか、さばさばとした口調だ。

「ふふふ、少々狐を見くびっておった。が、黒鍬者《くろくわもの》の精鋭を揃えれば、勝てぬ相手でもなかろう。次は斬る！　退《ひ》け！」

七人が踵《きびす》を返し、黒い旋風《つむじかぜ》となって姿を消した。

〈黒鍬者か！〉

十蔵は、思わぬ敵の正体に、慄然《りつぜん》となった。

黒鍬者とは、江戸城内の土木工事の雑事をしたり、荷物運びや伝令の役を果たしていた。が、その一部は若年寄支配の隠密として暗躍し、黒鍬者として名を馳せていた。

〈あるいは父重蔵が斬られたのも……〉

十蔵は、遅ればせながら二十年前の真相を探ってみたい衝動に駆られた。

「十蔵どの、それはなりませぬぞ！」

母千代の声が聞こえたような気がした。が、実際に聞こえてきたのは、七蔵が鳴らす呼子の音だった。

ぴー！　ぴぃーっ！　ぴぴぃーっ！

呼子の音は不忍池の方向から聞こえた。

〈しまった、お蓮に何かあった！〉

瞬間、総身の毛が逆立ったと感じた。

十蔵は抜き身をさげたまま、音に向かって疾走した。

ぴーい！　ぴぴぴーい！　ぴぃいーい！

呼子の音にも吹く者の特徴がでる。この切羽詰《せっぱつ》まったような忙《せわ》しない音は、伊佐治の呼子から出たものだ。

二人は必死に十蔵を呼んでいた。

何が起きたかわからぬ。が、呼子を吹いている七蔵と伊佐治は、無事だとわかる。

〈お蓮は……？〉

不安が募った。前から吹いてくる風が微《かす》かに生臭かった。

〈血の匂いだ！　斬られたのか、お蓮！〉

前方に見えてきた不忍池の畔《ほとり》に、人集《ひとだか》りができていた。

十蔵は砂塵《さじん》を巻いて近づく。血の匂いが強くなった。胴を両断されて二つになった死体が、人集りの向こうに垣間見えた。

「狐の旦那！」

伊佐治の大きな声がした。

すると、その声に人集りが崩れ、抜き身をさげた十蔵の殺気立った姿を見て悲鳴をあげた。

「ひ、ひえーっ！　八丁堀の狐だ！　に、逃げろ！　斬られるぞ！」

口々に叫び、蜘蛛《くも》の子を散らすように逃げて行った。

「これか……」

十蔵は苦笑し、手にさげた抜き身を鞘に収め、改めて胴を両断された死体を見た。

お蓮ではなかった。

死体は男だ。しかも見覚えのある悪党面だった。

「まさか」

傍らに伊佐治と七蔵が来ていた。

「へい、そのまさかでして、斬られたのは池之端の孫六です。おそらく、口封じでしょう。いきなり、ばさっとやられて、呼子を吹くのが精一杯でした」

伊佐治が無念そうに唇を震わせていた。

「おまけに孫六を斬ったのは、あっしが和泉橋で襲われた、旦那と同じ恰好をした贋狐でしたぜ……」

七蔵が興奮した声で告げた。

「贋狐は孫六を斬ると、わしは八丁堀の狐だと、ぬけぬけと大声で名乗って、許し難《がた》い悪事を働いた池之端の孫六を成敗《せいばい》したと、大見得を切るじゃありませんか。

それだけじゃなくて、贋狐は下っ引きの亀吉と鉄二も一刀のもとに斬り捨て、八丁堀の狐は悪事に荷担する者も容赦なく斬ると、野次馬に向かって叫んだんです。

その贋狐の背恰好が旦那にそっくりで、さっき野次馬が悲鳴をあげて逃げて行ったのは、八丁堀の狐が、また人を斬りに戻って来たと思ったからでしょう」

「どうりで、みんなが殺人鬼を見るような目で、おれを見たわけだ」

十蔵は憮然《ぶぜん》として、すこし離れた場所にある亀吉と鉄二の死体を見た。

亀吉は首を飛ばされ、鉄二は逆袈裟に斬り捨てられていた。

十蔵は掌を合わせた。

内心で悔いていた。

孫六に竜巻落としを見舞ったあと、ふん縛《じば》っておけば、この三人は殺されなかった。が、根津で気を失っていた孫六が、どうしてここで斬られたのか、それがわからなかった。

伊佐治に目顔で説明を促した。

「へい、あっしらは孫六の家を抜け出して懸命《けんめい》に逃げやした。ですが、お蓮の体が弱っていて、走るどころか満足に歩くこともできず、あっしと七蔵さんが交代でおぶって、町駕籠がいる下谷広小路に向かったんです。が、その途中でばったり、根津で別れたばかりの梶山の旦那、孫六、亀吉、鉄二の四人と、鉢合わせをしてしまったんです。

孫六は喜び、お蓮を取り戻そうとしました。

すると、走れないはずのお蓮が、殺されると大声で一声叫ぶや、一目散《いちもくさん》に走って逃げ出し、不忍池の蓮茶屋《はすぢゃや》の一軒に、助けを求めて飛び込んでしまいました。

それであっしと七蔵さんは、蓮茶屋の前で孫六と二人の下っ引きを相手に闘う羽目になったんですが、そこへ贋狐が姿を現して、いきなり刀を抜いたんです。

孫六たちは逃げ出し、それを贋狐が追いかけて斬ったんですが、斬られた三人は最期まで贋狐と気づかなかったんじゃねえでしょうか。

梶山の旦那は、あっしらが贋狐だと言うと、信じられないといった顔をして贋狐の後を追って行き、あっしらは旦那に知らせようと、呼子を吹き鳴らしやした」

「そうか、梶山は追って行ったのか……」

十蔵は、深追いせねばよいがと思う。斬り口の鮮やかさから見て、贋狐は並の遣い手ではない。凄腕だ。若い同心の梶山伊織が太刀打ちできる相手ではなかった。

「大変《てえへん》です！」

お蓮を呼びに蓮茶屋に入った七蔵が、顔色を変えて出て来た。

「お蓮が消えちまいやした！」

「消えた？」

「へい、いつの間にかお蓮の姿が消えていて、まるで狐につままれたようだと女将が言ってやした」

「くそっ、女狐め！」

伊佐治が忌々《いまいま》しげに罵《ののし》った。

「危ないところを助けられた恩も忘れて、ずいぶん勝手な真似をしてくれるじゃねえか！」

十蔵も苦笑を浮かべ、不忍池に目を遣った。亀が群れて、甲羅を干していた。

五

猪吉とお美代は、殺された根津の辰三の息子、鼈甲職人の松吉が姿を現すのを待って、両国広小路の茶屋「鈴や」を見張っていた。

今日で五日目。まだ松吉は現れない。

〈頼む、来てくれ！　来ないと困るんだよ。大変なことになっちまうんだ〉

猪吉は、焦っていた。気が気ではなかった。

〈どうか、神様、お願いだ！〉

八百万《やおよろず》の神に祈った。

〈四つ目屋忠兵衛を守ってくれ！〉

手を合わせ、仏さまを拝んだ。

〈南無阿弥陀仏、お吉姐御を助けてくれ！〉

猪吉は大真面目だった。

くすっと隣にいるお美代が笑った。

「猪吉さんて、顔に似合わず心配性ね。そわそわ、びくびくして、とっても可愛いわ」

「真面目にやれよ！」

猪吉が顔を赤くして怒鳴った。

「松吉の顔を知っているのは、お美代、お前だけなんだぞ！」

「心配しないで……」

お美代が自信ありげに言った。

「松吉さんは来るわ。それも今日、そんな気がする」

「ほ、本当か……」

思わず、お美代を拝んでいた。

「松吉は、今日来るのか、た、助かったぜ！」

気休めでもいい。松吉が今日来ると思っただけで、気分がすうーっと軽くなった。思わず頰が緩む。

「猪吉さん、知ってる？」

お美代が、からかうような、いたずらっぽい目になった。

「あたしと五日間ここにいて、あんたが笑ったの、これがはじめてよ。あたしって、そんなに面白くない女なの？」

猪吉は面食らった。

「お、おれは……」

しどろもどろになった。

「笑い方を、よく知らねえんだ」

すると、お美代が真剣な表情になった。

「そういえば松吉さんも、小さいときに父親に捨てられて、笑い方を教わっていないと言ってたわ。

松吉さんを見つけても、お父さんの代わりに鼈甲の張形を造ることは、断られるかもしれないわよ」

「おれが説得する！」

猪吉は、断固とした口調で言い切った。それが根津の辰三の供養にもなると信じていた。

〈よし、こうなりゃ、来るまで待とう時鳥《ほととぎす》だ！〉

猪吉は「鈴や」に不機嫌な顔を向け、松吉が来たという、お美代の合図を待った。

四つ目屋忠兵衛で鼈甲職人探しのために動いているのは、猪吉とお美代だけではなかった。鹿蔵と蝶次が、「魂胆遣曲道具」を担いで、本所、深川、向島を回って松吉を探していた。が、簡単に見つかりそうで、いまだに見つけることができずにいた。

お吉もまた、松吉が間に合わない場合に備えて、先代の四つ目屋忠兵衛と関係の深かった数人の鼈甲職人を、お袖を供に連れて訪ね歩いて、鼈甲の張形を造ってくれるかどうかを打診した。が、どの職人にも半ば嘲《あざけ》られ、体《てい》よく断られた。

「呆れたねえ。もうどこにも、根津の辰三のような鯔背《いなせ》な気性の鼈甲職人はいやあしないよ」

お吉は、猪吉、鹿蔵、蝶次を前において、涙を浮かべて憤慨して見せた。珍しいことだ。よほど腹に据えかねることを言われたのだろう。

「どいつもこいつも、相良屋の番頭の角蔵に大枚の小判を握らされて、四つ目屋忠兵衛への恩も義理もお忘れさ。それとも、わっちが女だから舐められたのかねえ。

もしここで鼈甲職人が見つからず、三河屋さんに迷惑をかけるようなことになったら、わっちゃ、生きちゃいないよ。潔《いさぎよ》く死んでお詫びをするつもりさ。お前たちもそのつもりでいておくれ」

それが昨夜のことだった。

もし、松吉が見つからず、鼈甲の張形が造れなかったら、猪吉たち三人もお吉と一緒に死ぬということだった。

正直言って、死にたくはない。が、お吉が死ねば、おそらく三人とも死ぬだろう。

〈昔、お侍がやった、殉死《じゅんし》みてえなものだ。が、できれば死にたくねえ。姉弟四人揃って、生きていてえ〉

そのためにも、松吉を見つけなければならなかった。が、虚しく時が経って、日が西に傾き、見世物小屋の影が広場に長く伸びてきた。

「あっ！」

お美代叫び、飛び出す。

「松吉さんよ！」

唐桟《とうざん》の着物を着た二十四、五歳の男が、驚いたように足を止めた。ずんぐりむっくりの頑丈そうな体軀で、根津の辰三によく似た醜男《ぶおとこ》だった。

「おっ、お美代じゃないか……」

一瞬嬉しそうな顔をした松吉が、一緒にいる猪吉を怪訝《けげん》そうに見た。

「誰だい？」

「いまいるお店の人よ。猪吉さんというの」

「ふうん、『鈴や』のような店かい？」

松吉が期待を込めて訊き、お美代は澄ました顔で首を横に振った。

「この先の四つ目屋なの」

「四つ目屋忠兵衛かい？　そりゃ、勿体《もったい》ねえ。お美代は別嬪《べっぴん》なのに、四つ目屋の店の中は、暗くて顔が見えないと言うじゃねえか」

なかなかどうして、父親の根津の辰三に劣らず、息子の松吉も女には達者のようだ。

「あたいたち、ここで、松吉さんが来るのを五日も待っていたのよ」

「おれ、お美代に家を教えなかったか？」

「大川の向こう側だって……」

「ああ、川向こうの千住《せんじゅ》だよ。あっちで鼈甲職人の松吉と訊けば、すぐわかるはずだったが、待ってしまったものは仕方がねえ。お疲れさまだな。

で、なんだい？　元祖四つ目屋が、おれを五日間も待っていた用件ってのは」

猪吉は、松吉を薬研堀の四つ目屋に連れて行くか、それとも柳橋の料理茶屋あたりに席を設けて話そうかとも考えたが、結局、柳原土手を歩きながら、重大な話を切り出すことにした。

「じつは松吉さんに、大奥に納める鼈甲の張形を三本、造ってもらいたいのです」

「大奥に納める鼈甲の張形を三本だと？　ふん、そりゃあ、誰の差し金だい」

鸚鵡返《おうむがえ》しに言った松吉の声が険《けわ》しくなった。

「ふん、恥ずかしくて答えられめえ。しかし驚いたぜ。四つ目屋忠兵衛ともあろう店が、あんな男の言いなりになって、まだ未熟者のおれに、こんな話を持って来ようとはな。くそっ、莫迦にするのもてえげえにしろってんだ。悔しくて涙が出てきたぜ！」

松吉が手の甲で乱暴に涙を拭った。

「おれもいつかは四つ目屋忠兵衛から注文がくるような鼈甲職人になって見せると、今日まで頑張ってきた。が、あんな薄情な男のお情けで仕事をもらおうなんて、一度も考えたことがねえ。ふん、糞野郎だったぜ、四つ目屋忠兵衛は。おれは金輪際《こんりんざい》、お前のところの仕事はしねえ。そう忠兵衛に伝えてくんな」

「松吉さん、勘違いしてるぜ」

「何が、勘違いだ！」

松吉が激昂した。

「これが根津の辰三の差し金じゃねえとでも言うつもりか？」

「根津の辰三親方は、七日前に亡くなられたんだ」

「親父が死んだって？　う、嘘だ！　あんな人でなしが、そう簡単に楽になって、堪《たま》るか！　病気か？」

「いや、辰三親方は殺された」

「殺されたって！　だ、誰に？」

「直接手を下したのは、梅次という麻黄中毒者だ。まだ捕まっていないが、梅次を唆《そそのか》した岡っ引きの池之端の孫六も斬られて死んだ」

「孫六なら知っているぜ。嫌な野郎だ。それで、親父はなぜ殺されたんだ？」

「これはおれたちの推測だが、辰三親方に大奥に納める鼈甲の張形を造らせたくない悪党がいて、そいつに操られた孫六と梅次が、辰三親方を殺してタイマイの甲羅を盗んで行ったのさ」

「タイマイの甲羅が盗まれたのか？」

「タイマイの甲羅の代わりは、四つ目屋忠兵衛の蔵にいくらでもある。が、根津の辰三親方の代わりは、江戸はおろか、日本中を探しても、たった一人しかいねえ。

それは、松吉さん、あんただ。

鼈甲細工の名人、根津の辰三の血を引く、あんたしかいねえ。

それでおれは、あんたを探し、ようやく見つけた。

これは四つ目屋忠兵衛の奉公人としてではなく、辰三親方に弟子になることを許された者の務めとして、後継者のあんたを探した。

どうか、辰三親方の遺志を継いで、大奥に納める鼈甲の張形を造って、おれを弟子にしてくれ」

「おれには関係ねえ！」

松吉が冷ややかな声で突っぱねた。

「根津の辰三は、鼈甲細工師としての腕は一流で、ことに鼈甲の張形を造らせたら、震えが来るほどの神業を発揮した。が、人の親としての根津の辰三は、最低最悪の男だった。

乳飲み子のおれを抱いたお袋を家から追い出し、途方に暮れたお袋は、おれの首を絞め、自分は松の枝にぶらさがった。

ところが、おれは奇跡的に助かり、やがて親父の仕打ちを知った。そんなおれが、親父の遺志を継ぐと思うかい。悪いが猪吉さん、ほかを当たってくれねえか」

そのほかがいりゃ、こんな苦労はしねえと、猪吉が憮然《ぶぜん》として空を仰いだとき、新シ橋の袂《たもと》から、「魂胆遺曲道具」を担いだ鹿蔵と蝶次が駆け寄って来た。

二人は、猪吉の顔を見るや、即座に状況を判断したようだ。行李を道端におろすと、いきなり二人揃って、松吉の前に土下座をした。

「あっしは、鹿蔵と申しやす。松吉さん、どうか、猪吉兄貴の願いを叶えてやってください。これ、このとおり、お願いします」

額を地面につけて、涙声になった。

「お、おれは、蝶次と申します。どうか、松吉さん、猪吉兄さんと鹿蔵兄さんの願い、聞いてやってください。

代わりにおれ何でもします。神田川に飛び込んで死ねと言われれば、喜んで死んで見せます。どうか、おれたちの願いを聞いて、鼈甲の張形を造ってください。このとおり、お願いします」

蝶次も端整な顔を土に擦りつけ、懸命に訴えた。

松吉が乾いた笑い声を立てた。

「あははは……」

「猪吉さん、茶番はよしましょうよ。おれは物心ついてから二十年余り、ずっと根津の辰三を恨んできた。いつか殺してやろうとさえ思った。それをあんたらの土下座くらいで許していたら、親父を恨んで松の枝にぶらさがったお袋が、浮かばれないと言って化けて出てくるでしょう。

この気持ちは、あんたらのように助け合う仲間がいる人にはわからんでしょうな。猪吉さん、そういうことですから、もう、土下座を止めさせてくれませんか」

猪吉は、内心でほくそ笑む。土下座は有効だった。効いている。猪吉も悲壮な顔をして、土下座に加わった。

「どうか、松吉さん、お願いします!」

猪吉は土手に額を擦りつけ、土と草の匂いを胸一杯に吸った。

六

松吉は土下座をして懇願《こんがん》する三人に、再び困惑と憎悪の目を向けた。

「勝手に……」

怒りの声をあげる。

「やってろ！」

踵《きびす》を返し、走った。逃げるしか、術《すべ》がなかった。

「あっ、待ってくれ！」

とっさに、猪吉は追っていた。

〈もはや、これまでか……〉

猪吉は、追いながら腹を括《くく》った。

〈ええい、こうなりゃ、一《いち》か八《ばち》かだ。こっちの気がすむようにやってやろう〉

松吉に追いつき、飛びつく。折り重なって倒れ、土手道を転がった。

「なにしやがる！」

松吉が、怒り、猪吉を殴った。鼈甲職人は腕力がある。拳骨《げんこつ》が猪吉の顔にめり込んだ。

「は、離せ！　離さねえと、叩っ殺すぞ」

「離さねえ！」

猪吉も、殴り返しながら、怒鳴った。

「ここで逃げたら、一生、後悔するぞ！」

「やかましい！　余計なお世話だ」

松吉が、殴った。

「このわからずや！」

猪吉が殴り返す。鼻血が飛び散る壮絶な殴り合いになった。が、取っ組み合いなら、狐の穴で鍛えている猪吉に分《ぶ》があった。組み敷き、攻撃が一方的になった。

「殴って教えなきゃわからねえやつにゃ、おれは遠慮なく殴るぞ。さあ、どうだ。辰三親方の遺志を継いで、鼈甲の張形を造るか！」

「だ、誰が！　殺されたって、根津の辰三は許さねえ。あんな人でなしは、おれの親父じゃねえ！」

「莫迦野郎。贅沢《ぜいたく》言やがって！」

猪吉は思いっ切り強く、松吉を殴った。

「甘ったれんじゃねえや！　おれたち三人のような孤児《みなしご》と違って、おめえは親の名と顔を知っているだけでも、幸せだと思いやがれ！」

猪吉は、涙をぼろぼろこぼしながら松吉を殴っていた。

「すくなくともおれは、鼈甲職人の辰三親方を、神さまのように尊敬していた。そんな父親を持てたことだけでも、てめえはおれの何百倍も幸せな野郎なんだよ。その有難《ありがた》みもわからねえで、利いたふうを抜かすんじゃねえや！」

そして、ぽんと邪険に松吉の体を突き放した。

「もう諦めたぜ！　てめえのような性根の腐った野郎に、大事な仕事は頼めねえ。

言っちゃ悪いが、てめえ程度の鼈甲職人なんざ、このお江戸にゃ掃いて捨てるほどいるんだ。

ああ、もう頼まねえ！　てめえなんざ、勝手に拗《す》ねて、恨《うら》み辛《つら》みの人生を引きずって、暗く生きていきゃあがれ！」

起きあがって、着物の埃《ほこり》を払う。

「ま、待ってくれ！　おれが悪かった。これ、このとおりだ！」

今度は松吉が、土下座をする番だった。

「おれが間違っていた。頼む、おれに造らせてくれ。手間賃はいらねえ。親父の、いや、殺された根津の辰三親方の代わりに、おれに大奥に納める鼈甲の張形を造らせてくれ」

松吉は泣いていた。ぼろぼろと涙をこぼしていた。その顔で笑った。醜男が、三国一《さんごくいち》の美男子に見えた。

「おれ、猪吉さんに殴られながら、これからは二代目根津の辰三を名乗ろうと心に決めていたんだ」

「松吉さん、いや、二代目根津の辰三親方。よく言ってくれた。おれは嬉しいぜ！」

猪吉は感極まった声で叫び、松吉に抱きついた。

「二代目、おれを弟子にしてくれ！」

その様子を近くの柳の根方《ねかた》から窺《うかが》っている男がいた。

池之端の孫六の下っ引きだった一太《いちた》だ。いまは孫六の後を継ぎ、定町廻り同心梶山伊織の手札をもらって、岡っ引き、池之端の一太親分になっていた。

「根津の辰三に倅《せがれ》がいたとは驚いたぜ」

と呟く。狡猾そうな顔だ。一太も孫六仕込みの悪党だった。

「いひひ、これは相良屋に高く売れそうだ」

さっそくその足で、大奥御用達の呉服商、相良屋惣兵衛に注進《ちゅうしん》に及んだ。

「親分さん、お手柄ですよ」

惣兵衛が鷹揚《おうよう》に笑って、無造作に取り出した小判を三枚、ちゃりんと投げてよこした。

「役に立つ情報なら、これからも高く買いますよ」

「こりゃ、どうも……」

一太は、卑屈な態度で小判を拾って懐に入れた。

「あっしは、相良屋さんのためなら、何でもやりやす。が、このことは、梶山の旦那には内緒にしてくだせえ。あれで梶山の旦那は、結構うるさいんですよ」

「はい、心得ておりますよ。それではまたいらっしゃい」

一太は体《てい》よく追い払われていた。

鼈甲職人の松吉は、千住の細工場から道具を持って来て、両国薬研堀の四つ目屋忠兵衛にいた。

猪吉に、千住にいたら親方の二の舞になると言われ、四つ目屋の地下にある、難攻不落の砦《とりで》のような「狐の穴」を細工場にして鼈甲の張形を造ることになったのだ。松吉は、何となく猪吉に一杯食わされたような気がしないでもなかった。

しかし、猪吉、鹿蔵、蝶次、お美代は、それこそ親身になって、道場の片方の隅に細工場を設ける松吉を手伝ってくれていた。

そこへ四つ目屋の女主人のお吉が、大奥に納める鼈甲の張形の注文主である、大奥御用達の呉服商、三河屋の番頭の銀蔵を伴ってやって来た。

二人の後に下男の徳蔵がいて、腕に抱えて来た上質のタイマイの甲羅を細工台の上に置いた。

「うほうっ！」

二代目根津の辰三となった松吉が、嬉しそうに目を輝かせ驚嘆の声をあげた。

「素晴らしい鼈甲だぜ！　こんなに上質で、こんなに大きなタイマイの甲羅は見たことがねえや。これだけで張形が十本は造れるぜ。あるところには、あるもんだなあ」

お吉が、胸を張って微笑んだ。

「四つ目屋忠兵衛は、四つ目屋の元祖として、この先三十年鼈甲の張形を造れるだけの、タイマイの甲羅の蓄えがございます。

二代目、この甲羅を使って、大奥に納める張形を三本造ってください。そして余ったタイマイの甲羅は、根津の辰三の二代目を継いだお祝いに進呈いたしましょう」

松吉が目を丸くする。

残った鼈甲で、櫛、簪、笄を造れば、一財産になる。夢のような話に、頬を抓《つね》ってみたくなった。

「それではわたしも……」

三河屋の番頭の銀蔵が、袱紗《ふくさ》に包んだ切餅を二つ、押してよこす。五十両だ。

松吉は生まれてこの方、こんな大金を見たことがなかった。

「てまえどもの主人三河屋善兵衛は、根津の辰三親方が殺されたと知って、至芸《しげい》の職人をひとり失った、と言って嘆き悲しみました。

それと同時に、お願いしておいた鼈甲の張形がどうなるか、それも大変心配しておりました。

ところが、殺された辰三親方の息子の松吉さんが、二代目根津の辰三を継いで、初代に負けぬ鼈甲の張形を造ってくださると聞いて、大層喜んでおります。これは些少《さしょう》でございますが、主人三河屋善兵衛の心からのお祝いでございます。どうぞ、お納めください」

二代目は落ち着かぬ挙措《きょそ》で銀蔵の口上を聞いていたが、口上が終わって袱紗包みを差し出されると、びくっと体を震わせて後退った。

「どうしました？」

銀蔵が怪訝《けげん》そうな顔になる。

「さ、お受け取りください」

二代目辰三は首を横に振って、じりじりと後退した。

「お、おれ、そんな大金、受け取れねえ。とてもじゃないが、いまのおれじゃ、親父の腕に遠く及ばねえ。どう逆立ちしてみたって、親父に負けねえ鼈甲の張形を造ることなんか、おれにできるわけがねえんだ。だ、だから、そんな金、おれは受け取れねえ」

松吉は今更ながら、初代の根津の辰三の人気と偉大さに気づかされて、すっかり怖《お》じ気《け》づいてしまった。自信を失ってしまったと言ってよかった。自信を失っては、大胆かつ精密な細工が必要な、鼈甲の張形は造れない。一大事だった。

「あははは、二代目はふてぶてしい顔に似合わず、案外、正直で臆病な律儀者《りちぎもの》のようですな」

銀蔵は大声で笑ったあと、年長者が若者を叱るときの厳しい表情になって、諭すように言い募《つの》った。

「安心なさい。この祝い金を出した三河屋善兵衛をはじめ、ここにいる誰もが、二代目がいますぐに、先代のような鼈甲の張形が造れるなんて、これっぽちも思っちゃいませんよ。

早くて十年、いや、あの神業に達するには二十年先か。それでも子はいつかは親を超えるもの。二代目が先代に追いつき、やがては超える日がくると、三河屋善兵衛も、ここにいるみんなも、それを期待して応援しようとしているんですよ。さ、有り難く、人の善意は受け取りなさい」

銀蔵があらためて袱紗包みを差し出すと、二代目は無言で受け取って、深々と頭をさげた。

「三河屋の番頭の銀蔵さんが、そんなことを言ったのか……」

十蔵は、お吉から話を聞いて感心していた。

「さすが大店の番頭さんだ。人の心の動きが読めるのだろう。落ち込んだ二代目根津の辰三を、即座に立ち直らせてくれたようだな。で、どうなんだ、二代目の腕の方は？　お勝の方さまが気に入るような鼈甲の張形を造れそうか？」

「すでに腕は並の鼈甲職人の水準を超えていますよ。しかも、祝儀として与えたタイマイの甲羅もぜんぶ張形造りに使ってしまうようです。

おそらく、張形を十本造ることができ、その中から出来映《できば》えのいいのを三本選ぶつもりなのでしょうね。これならお勝の方さまのお眼鏡にかなうはずです」

「そうか、なんとか目処《めど》がついたようだな。お吉、よく頑張った。えらいぞ」

「ええ、でも、鼈甲の細工場のために旦那の居場所がなくなってしまって、申し訳ありません」

「それが満更でもねえぜ」

十蔵は、お吉の肩に腕を伸ばした。

「こうやって、昼間から誰に遠慮することもなく、お吉と同じ部屋にいられる」

微笑《ほほえ》み、抱き寄せようとした。

「きゃあ！」

お吉が、顔を赤くして悲鳴をあげた。お吉は信じられないほど奥手だ。昼間、しかも明るい部屋で抱き合うことなど、思いも寄らぬことなのだ。これでよく刺青を背負えたものだと、一度、訊いてみたことがあった。

その答えは、刺青の彫り師は、好きでも嫌いでもなかったから平気だったけれど、旦那は大好きだから恥ずかしい、だった。

「おい、きゃあ、はないだろう」

廊下を走る足音がして、お袖とお美代の声がした。

「旦那さま、悲鳴が聞こえましたが？」

この家で旦那さまと呼ばれるのは、お吉だ。

「ね、鼠が……、い、いえ、き、狐が……、もおう、あっ、何でもないの、お袖ちゃん、心配しないで、お美代ちゃん、あ、あっち、行ってて……」

お吉がしどろもどろになる。

「あっははは」

十蔵は、楽しそうに哄笑《こうしょう》しながら、大奥に納める鼈甲の張形を巡る三河屋善兵衛と相良屋惣兵衛の暗闘は、より熾烈《しれつ》なものになって行くだろうと、漠然《ばくぜん》と感じていた。

第三章　狐雨《きつねあめ》

一

鶯《うぐいす》の鳴き声が聞こえる根岸《ねぎし》の里《さと》に、日本橋の大奥御用達呉服商、相良屋の寮があった。

寮の近くを音無川《おとなしがわ》が流れ、通りから境内の「御行《ごぎょう》の松」が見える不動尊が近くにある。

寮には主人の惣兵衛、番頭の角蔵、御家人の日比野主膳、北町奉行所与力の狩場惣一郎、同心の梶山伊織、岡っ引きの一太が集まっていた。

狩場惣一郎は不機嫌な顔だ。

町方与力として、このような場に顔を出すことは、保身の上からも極力避けたいところだった。が、惣兵衛に非常事態の出来《しゅったい》を告げられれば、知らぬ顔もできなかった。

それに、共通の敵である八丁堀の狐こと、狐崎十蔵を抹殺するために手を結んだ惣兵衛からは、多額の袖《そで》の下《した》を受け取っていた。

賄賂《まいない》だ。

遠江《とおとうみ》国相良《さがら》藩主だった田沼意次の庇護《ひご》の下《もと》で急成長した、相良出身の商人、相良屋惣兵衛の商売の秘訣《ひけつ》は、幕閣の要人から町奉行所与力に至るまで、抜かりなく目配りした賄賂攻勢だった。

その甲斐あって大奥御用達呉服商の主人となった惣兵衛は、大恩人のお殿さま（田沼意次）を老中の座から追い落とし、田沼憎しで築城して間のない相良城を打毀《うちこわ》した、当時の老中首座、白河藩主の松平定信を心の底から憎んでいた。

それに、定信の寛政の改革を継いだ、現在の老中首座、三河吉田藩主の松平信明も憎み、信明の庇護で成長した大奥御用達呉服商、三河屋善兵衛を仇敵《きゅうてき》と思っていた。

さらに、松平定信の寛政の改革で辣腕《らつわん》を振るった、八丁堀の狐こと狐崎十蔵の抹殺を、早くから画策していたが、いまだに果たせずにいた。

それどころか、味方の打つ手がことごとくちぐはぐで、八丁堀の狐の逆襲を受ける羽目に陥っていた。

「番頭さん、惜しみなく金をかけたわりには……」

惣兵衛は、怒りと不満の色を露《あらわ》にして角蔵を責めた。

「何一つ、首尾よく決まったことがありませんな！」

「申し訳ございません。ですが……」

角蔵が、しれっとした顔で応《こた》えた。

「いくら筋書きが万全でも、役者が大根では芝居になりません。岡っ引きの孫六が、筋書きどおりに猪吉を召し捕っていさえすればよかったのです。そうすればいまごろは、根津の辰三殺しの連座《れんざ》と、ご禁制のタイマイの甲羅の所持の罪で、四つ目屋忠兵衛を召し捕るための捕り方が、大挙して薬研堀の四つ目屋に向かっていたはずです。

そうでございましょう。狩場さま」

「まあ、そういう筋書きではあったがな」

狩場惣一郎は、すべての失敗を配下の岡っ引きの不首尾のせいにされては面白くない。角蔵の筋書きの粗さを指摘することも忘れなかった。

「そんなに簡単に、薬研堀の四つ目屋忠兵衛の店に踏み込むことができれば、わしらがこんなに苦労することはない。

大きな声では言えないが、四つ目屋の地下には、老中首座松平信明さま肝煎《きもいり》の隠し番屋『狐の穴』がある。

その『狐の穴』というのは、言わば闇の奉行所のようなもので、その奉行が八丁堀の狐こと狐崎十蔵だと思えばよかろう」

「わははは、こいつは驚きましたな！　われらが仕留めようとしている八丁堀の狐が、闇の奉行所の奉行でございますか……」

角蔵は不遜《ふそん》な大笑いをした。

「狩場さまは、すっかり狐に化かされておいでのようだ。そんなことでは、いつまで経っても狐を退治することは無理でございましょう」

「ぶ、無礼な！」

狩場惣一郎が大刀を引き寄せ、激昂《げっこう》した。

「わしはもう知らぬ。おぬしら、勝手に八丁堀の狐を退治したらよかろう。じつに不愉快だ。わしは帰る！」

狩場惣一郎は、一瞬の躊躇《ためら》いも見せずに、ぱっと席を蹴った。

同心の梶山伊織と岡っ引きの一太は、置き去りにされた恰好になった。

日比野主膳は、われ関せずといった顔でにやにやと笑っている。

まさか、と意表を衝かれた角蔵は、茫然《ぼうぜん》として為す術もなく、大きな音を立てて開閉された部屋の襖を眺めていた。

「あははは……」

相良屋惣兵衛が、苦々しく笑った。

「角蔵の愚か者、まんまと八丁堀の川獺《かわうそ》の挑発に乗せられおって。老獪《ろうかい》な狩場さまは、席を立つ口実が欲しくて堪らなかったのよ」

「臆病風に吹かれた与力などいなくても……」

角蔵が無念そうに強がりを言った。

「同心の梶山さまと、一太親分がいれば、町方の用は足りるでしょう」

「番頭さん、狩場さまを侮《あなど》ってはなりませんぞ。機を見るに敏《びん》な狩場さまは、根津の辰三の倅の松吉が現れたことで、今回は当方に勝ち目がないと判断されたのでしょう。巻き添えはご免だと、さっさと逃げて行かれたのですよ」

「わははは、旦那さま……」

角蔵が無遠慮に笑いを放った。

どうも、この二人、相良屋の主人と番頭ということになっているが、それは表向きのことで、本当は違うようだと、みんなが気づきはじめる。角蔵が威張り、惣兵衛が遠慮をしているようなところがあるのだ。

「それこそ狩場さまを買い被りすぎでございますよ。ですが、もし辰三の倅が、大奥のお勝の方さまの眼鏡にかなう鼈甲の張形を造ることができたら、これまでのわれらの苦心が水泡に帰すことも事実です。

策を巡らせて根津の辰三を除いたことも、高い金を払って腕の立つ鼈甲職人を囲い込んだことも、それらすべてが無駄になってしまいます」

角蔵の目には狂気の炎が宿っていた。もはや、実直な商人の顔はかなぐり捨て、闘争心剝き出しの得体の知れぬ男の顔だった。

「そんなどんでん返しを喰らわぬためにも、松吉に鼈甲の張形を造らせてはなりません！　たとえ造らせても、それを四つ目屋忠兵衛から外に出してはなりません！

外に出しても、三河屋善兵衛に渡してはなりません！

三河屋善兵衛に渡っても、絶対に大奥に納めさせてはなりません！

万が一、大奥に納められても、お中臈、お勝の方さまの手に渡してはなりません！」

「番頭さん、そのとおりですよ。最終的に鼈甲の張形が、お勝の方さまの手に渡らなければよろしいのです。そうすればこちらの勝ちです。

三河屋善兵衛は、お勝の方さまに見放され、大奥御用達を取り消されることになるでしょう」

惣兵衛は満足そうに何度も頷き、立ちあがった。

「わたしもこれで帰りますが……」

立ったまま、日比野主膳、梶山伊織、一太を順に見て、愛想《あいそ》笑いを浮かべた。

「後はよろしくお願いしますよ」

静かに襖を開閉して、姿を消した。

「ふふふ、何のことはない……」

日比野主膳が、皮肉な口調で言った。

「狡賢《ずるがしこ》くて臆病な二人は、さっさと安全な土俵の外へ逃げて行きおったわ。さて、番頭さん、危険な土俵に残されたわしら愚か者は、何をやったらいいのかな？」

「日比野さまは、これまでどおり……」

番頭の角蔵は、主膳の皮肉に動じたふうもなく答えた。

「好きなことを、好きなようになさればよろしいでしょう」

「好きなことか……、八丁堀の狐の真似をして、人を斬るのも面白そうだ。が、本物の狐を斬ったら、もっと面白そうな気がする。角蔵、八丁堀の狐は、わしが斬ってやろう」

「それは願ってもないことです。八丁堀の狐は、起倒流柔術は無敵の強さでも、馬庭念流の剣の腕は、心形刀流《しんぎょうとうりゅう》の日比野さまの方が上でしょう。どうか、孫六たち三人を斬ったお手並みで、三百両の狐の首を刎《は》ねてくだされ」

「狐の首が三百両か、悪くないな。わしが頂戴しよう。ところで、角蔵。池之端の孫六の家で、八丁堀の狐を襲った七人の黒装束は何者なんだ?」

「さあ、存じません。が、八丁堀の狐を襲ったというのなら、敵の敵は味方と申します。すくなくともこちらの敵ではないでしょう」

「そうか、角蔵はあの一団を知らぬか……」

主膳は信じていないようだ。

「まあよい。もし、八丁堀の狐を斬るときに七人の黒装束とかち合ったら、問答と、同心の梶山伊織と岡っ引きの一太を、じろりと流し見た。

「町方に邪魔をされたときも、相手が誰であろうと刀の錆《さび》にする。くれぐれも、外ではわしに近づかぬことだ。

ふふふ、どうやらわしの刀は、岡っ引きの孫六と、下っ引きの亀吉、鉄二を斬ったことで、血の味を覚えてしまい、人の血を吸わずにはいられなくなったようだ。はてさて、困ったものよ。では、ご免！」

主膳は乱暴に襖を開け放ち、そのまま出て行った。

「おや、日が照ってるのに、雨が降ってやすぜ」

一太が、素っ頓狂な声をあげる。狐の嫁入りだ。

着流しに編笠を被り、贋狐の恰好をした日比野主膳が、降っている雨にも気づかぬ様子で、音無川に沿った小道を足早に歩み去って行く。その頭上に鮮やかな彩りの七色の虹が架かっていた。

角蔵、梶山伊織、一太の三人は、池之端の孫六が岡場所の女郎相手にやっていた、麻黄の密売組織を横領してしまっていた。

発端は、池之端の孫六の悪辣さに対する、同心梶山伊織の正義感からだった。

特に麻黄の密売には目を潰れず、断固止めさせようとしたが、若い同心が注意をしても、孫六は耳を貸す相手ではなかった。

思い余って梶山は上司の与力、狩場惣一郎に相談した。

狩場惣一郎は即座に孫六を呼ぶと、麻黄の密売で得る利益の一部を上納するように命じ、孫六も承知した。

梶山伊織は悔しくて泣いた。

その姿を見た、相良屋の番頭の角蔵と孫六の下っ引きの一太が、孫六を懲らしめるなら手を貸すと声をかけたのだった。

角蔵は、孫六が麻黄の密売によって強力な存在になることを警戒し、一太は孫六に取って代わって池之端の親分になりたくて、町方同心の梶山伊織と手を組んで、極悪非道な岡っ引き池之端の孫六を葬り去ることに決めたのだ。

そして千載一遇《せんざいいちぐう》の機会が巡って来た。

池之端の孫六は、瘡持《かさも》ちの梅次を使って根津の辰三を殺したのはいいが、四つ目屋忠兵衛の猪吉を罠に嵌《は》め損《そこ》ねたために、八丁堀の狐に狙われる羽目になった。

孫六が八丁堀の狐に捕まれば、相良屋惣兵衛に累《るい》が及ぶやもしれず、角蔵は御家人の日比野主膳に、孫六と一太以外の二人の下っ引きの抹殺を依頼した。

斬り賃は、ひとり十両。主膳は、贋狐の扮装で孫六と亀吉と鉄二を斬って、濡れ手で粟の三十両が懐に転がり込んだ。

主膳は上機嫌だった。が、それより上機嫌なのが、角蔵、梶山伊織、一太の三人なのだ。

三人は直接手を汚すことなく、極悪非道な岡っ引き池之端の孫六を葬り去ることができた。

一太は孫六の跡目を継いで定町廻り同心梶山伊織から手札をもらい、晴れて池之端の一太親分になった。

そして、孫六がやっていた麻黄の密売も引き継いで、ひそかに売り捌《さば》いていた。が、麻黄の密売に反対する梶山伊織には、急に売るのを止めて中毒者が騒がないために、在庫の麻黄を売ってしまうまで続けるが、在庫がなくなったら止めると約束していた。むろん、在庫がなくなることなど、永遠に訪れはしない。

「梶山の旦那……」

空の虹を見上げていた一太が、梶山伊織の袖の下に、麻黄の儲けの分け前をそっと滑り込ませた。

「む！」

梶山伊織は一瞬怖い顔になって一太を睨んだが、すぐに袖の下の重さを量《はか》るような顔になり、そのまま無言で寮を出て行った。

いつの間にか狐雨《きつねあめ》がやんで、空にあった虹も消え、遠くで雷の音が聞こえていた。

二

十蔵、伊佐治、七蔵は、殺された根津の辰三の家を拠点にして、連日のように根津門前町と宮永町の岡場所で聞き込みを続けていた。

まるで伊佐治がこの界隈の親分になったようだ。が、孫六、亀吉、鉄二を斬った贋狐も、「大根や」を足抜けしたお蓮も、辰三を殺した瘡持ちの梅次も、黒鍬者の七人も、どこへ消えてしまったのか一向に姿を見せなかった。

「狐の旦那……」

そんな折、伊佐治が興味深い聞き込みをしてきた。

「ここの岡場所では麻黄が流行《はや》っているようですぜ」

「阿片と同じような中毒作用のある薬だな」

「しかも、それを扱っていたのが岡っ引きの池之端の孫六だったらしく、いまは池之端の一太が後釜を引き継いでいるらしいですぜ」

「とんでもねえ野郎だ！」

十蔵は、人間の肉体と精神を壊す麻薬類を心底憎んでいた。

つい先ごろも「稲妻《いなずま》」と名づけられた阿片を密売していた悪党の一味と組織を撲滅したばかりだ。が、油断はできない。この手の犯罪は、いつ新手が現れても不思議ではなかった。

阿片や麻黄などの麻薬は国を滅ぼす悪魔の使いだと、十蔵は固く信じて疑わない。

そんなもので金儲けを企む輩《やから》は断じて許さぬ！

断固、斬る！

隠し番屋「狐の穴」は、そういった悪魔の所業を為す輩を退治してこそ、その存在理由があると思っていた。

麻黄は服用を禁じられた薬ではないが、密売人が微量の罌粟《けし》などの生薬を混ぜることで覚醒作用が増強し、大量服用すると中毒になり、やがて廃人になった。それを承知で、おのれの金儲けのために売っている者がいるとしたら、断じて許すことができなかった。

「辰三を殺した瘡持ちの梅次も、瘡毒（梅毒）の鎮痛薬として、麻黄を服《の》んでいるうちに中毒になってしまったようです」

「与えたのは孫六か？」

「たぶん、そうです。孫六は麻黄を餌にして、梅次に根津の辰三を殺させた。中毒者は、薬のためなら何でもやります。梅次は辰三を殺し、麻黄の包みを手に入れたのでしょう」

「梅次の手元に、まだ、あると思うか？」

「いえ、もう、とっくに」

「なくなっているか。それで、梅次はどうしていると？」

「決まってまさあ……」

伊佐治はこともなげだ。

「梅次の野郎は、一太にぴったりと喰らいついて、頼んだり、拝んだり、泣いたり、怒ったり、脅したりして、細々と麻黄にありついているんでしょう」

「岡っ引きの一太が匿《かくま》っているというのか」

「そうでなかったら、末期の麻黄中毒で、おまけに瘡毒で鼻が欠けた、化け物のようなご面相の梅次が、周りの人に気づかれずに暮らしていけるはずがありやせんぜ」

伊佐治が自信ありげに言うと、それまで黙って聞き役にまわっていた七蔵が、出番が来たとばかりに口を開いた。

「あっしが聞き込んだところでは、岡っ引きになった一太は、得意満面で金を積んで、親分の孫六が住んでいた家を、大家に言ってそのまま借りているようなんです。

たぶん、瘡持ちの梅次は、あの『大根や』のお蓮が閉じ込められていた納屋に、半ば軟禁状態で匿われているんじゃねえでしょうか。

それに麻黄も、孫六があの家のどこかに隠しておいたのを、ちゃっかりと一太が横取りしたんじゃねえかと思うんです。

うだつのあがらねえ下っ引きだった一太が、ほんのわずかな間に、まるで別人のような貫禄《かんろく》になっちまった。

狐の旦那、こいつは、ちっとばかし匂いやすぜ」

「あっしも……」

と、伊佐治が相槌を打つ。

「いまになってみると、孫六、亀吉、鉄二が贋狐に斬られたときに、一太だけがその場にいなかったことが、偶然だったとは思えなくなってきやした」

「あのときは確か、一太はおれたちを孫六の家に案内していたはずだ」

「へい、そのとおりで。そうさせたのは、梶山の旦那でしたぜ。狐の旦那は、梶山の旦那が、お前が案内しろというふうに下っ引きの一太に目配せをしたのを、見ませんでしたか？」

「あれは、一太がおれたちの一番近くに立っていたからじゃなかったのか。誰でもよかったが、近くにいるからお前が案内しろ。おれにはそんなふうな目配せに思えたが、違ったのか？」

伊佐治は首を横に振ると、言い辛そうに口を開いた。

「梶山の旦那を悪く言いたくはねえんですが、すくなくとも、孫六、亀吉、鉄二が斬られたことに関しては、梶山の旦那は一枚も二枚も嚙んでいると思いやすぜ」

そして激しい口調になって言い募った。

「梶山の旦那は、間違いなく一太とぐるです。それだけじゃなく、贋狐も、仲間ですぜ！　きっと、黒装束の七人も、同じ穴の狢《むじな》に違《ちげ》えねえ！　だから、一太は贋狐に斬られなかっただけでなく、贋狐を追って行った梶山の旦那も、手傷一つ負わなかった。贋狐と仲間だったからですよ。それが証拠に、梶山の旦那は、手下の孫六、亀吉、鉄二を斬った贋狐の追及はおざなりにして、さっさと一太に手札と十手を与えて、孫六の縄張りを引き継がせていやす。孫六の縄張りには、根津門前町と宮永町の岡場所がありやす。この宝の山を、梶山の旦那は一太とぐるになって、孫六から奪い取った。真相はそんなところじゃねえでしょうか？」

いかにも元博奕打ちの代貸らしい、伊佐治の穿《うが》った推測だった。が、当たらずとも遠からずと思えた。

「それならおれたち三人は……」

七蔵が伊佐治に訊いた。

「宝の山に居座《いすわ》っているのかい？」

「まあ、そうなる。が、おれたちにとっては、宝の山でも何でもない。それどころか物騒この上ない場所だ」

「それは梶山の旦那や、一太が襲って来るってことかい？」

「その二人なら、おれでも追い返せる。が、贋狐が一緒だったら、ちょっと厄介だ。さらに黒装束の七人が加わったら、多勢《たぜい》に無勢《ぶぜい》で狐の旦那でも苦戦する。そうでしょう。旦那？」

「おれとしちゃ、探す手間が省けるから、揃って襲って来てもらいてえと思ってる。が、連中は来やしねえ。わからねえか。連中は亡八《ぼうはち》を敵にまわしたくねえのさ……」

十蔵が愉快そうに笑った。

「あははは、いまのところ、根津門前町と宮永町の亡八は、『大根や』の新右衛門の口添えもあって、おれたちに好意的だ。

おれたちが殺された根津の辰三親方の倅を応援していることも、亡八は気に入っているようだ。

いざってときは、十中八九、おれたちの味方につく。この亡八の力が侮《あなど》れないことは、岡場所で育った一太はむろんのこと、同心の梶山伊織、贋狐、黒装束の七人、その蔭にいる黒幕たちも百も承知のことだ。だから、連中はここを襲って来ねえ」

「そいつは残念だ！」

七蔵が安堵した顔で強がった。

「襲って来たら、やっつけてやれたのに！」

「あははは、七蔵、がっかりすることはねえぜ。連中だって手を拱《こまね》いてはいねえ。代わりを送ってよこすさ」

「代わりですかい？」

「そうだ。代わりはいくらでもいるぞ。金《かね》で人を殺す破落戸《ごろつき》浪人、麻黄で腹を抉《えぐ》る梅次のような中毒者、仕官を餌にされた凄腕の浪人剣士。そういった有象無象《うぞうむぞう》の刺客が、寄って集《たか》って襲って来てくれるだろうぜ」

「うむう、狐の旦那、年寄りを脅して、ぞっとしやせんぜ」

「脅しなもんか。すでにおれは、五、六人の刺客らしい姿を、この目で確かめている。嘘だと思うのなら、伊佐治に訊いてみな」

十蔵は、にこにこ笑って楽しそうだ。

手下になって日の浅い七蔵には、十蔵が冗談を言っているとしか思えなかった。

「七蔵さん、狐の旦那の仰《おつしや》るとおりだぜ」

伊佐治のほうは落ち着いたものだ。

「あっしだって、二、三人の刺客の姿は見ている。いまだって、この家の表には、踏み込もうかどうしようかと迷っている、刺客の一人や二人いるはずでさあ」

「そ、それなら、どうして……」

七蔵が、腰を浮かして叫んだ。

「や、やっつけねえんで！」

「ははは、七蔵さん、いまに馴れますよ」

「馴れる？」

「狐の旦那といったら、それくらい、刺客の姿が珍しくねえってことです。

夜道で前を見れば、野獣のような目をした凄腕の浪人剣士が待ち構え、振り向けば涎《よだれ》を垂らした麻黄の中毒者がいて、右にも左にも殺気を孕んだ破れ袴《ばかま》の破落戸浪人がいる、といった按配《あんばい》でね」

伊佐治も十蔵と同じように楽しそうだ。

「二人ともよく平気でいられますな」

七蔵が呆れ返った顔をしたので、伊佐治は図に乗って、さらに言った。

「あれで、刺客ってのも難しいらしく、十人の刺客候補がいても、実際に襲撃してくるのは一人か二人。しかも、それで成功するのは稀《まれ》ときている。ほとんどの刺客が、成功しないってことです。

七蔵さんが、和泉橋で襲われたときだって、あの凄腕の贋狐でさえ、失敗したじゃねえですか」

「言われてみりゃあ……」

七蔵は納得したように頷いた。

「襲われたって、滅多に殺されるものじゃねえですな。あっ、待てよ。じゃあ、どうしてこの家の主《あるじ》の根津の辰三は、刺客に襲われて殺されたんでしょうね？」

「そ、それは……」

伊佐治が言葉を詰まらせたとき、どん、どん、と表戸が叩かれた。

「ひゃあーっ！」

七蔵が悲鳴をあげ、

「き、来やがった！」

伊佐治が飛び退《すさ》った。

「誰でえ？」

十蔵が落ちついた声で訊いた。

「狐崎さま、狸です」

隠密廻り同心狸穴三角の声だった。

三

伊佐治が戸を開けると、白髪の町人姿をした三角が入って来て、すぐさま十蔵の耳元で囁いた。

「狐崎さま、ついに『雲の上』が動いたようです」

「何があった？」

「与力の狩場惣一郎さまが、捕り方を率いて、狐崎さまを召し捕りに参ります」

「ははは、それは今に始まったことではないぞ。これまでも川獺《かわうそ》には何度も十手を向けられた」

川獺とは貪欲な狩場惣一郎の渾名《あだな》だ。

「これまでとは違います」

三角が深刻そうな顔つきになる。

「お奉行さまが狐崎さまの召し捕りを命じているのです」

思わぬ話に、十蔵は唇を嚙んだ。たしかにこれまでとは違っている。

これまでの北町奉行、曲淵甲斐守、石河土佐守、柳生主膳正、初鹿野河内守の四人は、重蔵亡きあとの狐崎家と十蔵を、まるで存在しないかのように無視してきた。

ところが、当代の北町奉行小田切土佐守は、違った。

十蔵に出仕及ばずの沙汰は下したが、隠し番屋「狐の穴」の活動を認め、奉行直属の配下、隠密廻り同心、狸穴三角に繫《つな》ぎをさせていた。

敵か味方か。それは定かでない。が、すくなくとも悪意を剝き出しにしてくる敵ではなかった。どちらかと言えばこれまでは、中立、公正な町奉行だった。それが敵になろうとしていた。雲の上か、その周辺にいる権力者から、圧力がかかったのだろう。

「で、お奉行は何と言って……」

十蔵は低い声で訊いた。

「おれの召し捕りを命じたんだ」

「それが、お奉行は……」

三角が、困惑した顔で答えた。

「不審《ふしん》の廉《かど》あり、と仰っただけです。すると、狩場さまが、鬼の首でも取ったかのような喜びようで、狐崎さまが犯したと称して悪事の数々を並べ立てました。これがまったくの出鱈目《でたらめ》で、聞いていて腹が立って仕方がありませんでした」

「川獺は何と言った？」

「狩場さまは、『八丁堀の狐こと、北町奉行所与力の狐崎十蔵は、手下の猪吉に命じて、鼈甲職人の根津の辰三を殺させ、その住居を乗っ取った。さらにそのことを咎めた岡っ引きの池之端の孫六と、下っ引きの亀吉と鉄二を、無惨にも斬り殺した世にも稀な極悪人である』と淀みなく申し立てました」

「ふふ、一応、筋は通っておるな」

「狐崎さま、笑いごとではございませんぞ！」

三角が唇を震わせる。

「この途方もない大嘘を、八丁堀の狐ならさもありなんと、三十人の捕り方が、一人残らず信じたのですぞ。

狐崎さま、どうやったら、これほど人望をなくすことができるのか、お教えください！」

「ははは、気にするな。向こうが勝手に嫌っているだけだ。でえいち、おれは、北町でまともに顔と名前が一致するのは、お奉行と、三角、おめえぐれえのものだ。それで人望も糞もあるめえよ」

「狐の旦那！」

伊佐治が、堪りかねたように叫んだ。無理もない。ここで三十人の捕り方に囲まれたら、万事休すだ。

「とにかく、ここを出ましょう！」

「落ち着け、伊佐治」

十蔵が一喝した。

「七蔵もだ。こんなときこそ、千両役者になったつもりでいろ。じたばたしたら、男をさげるぜ」

三角に訊いた。

「捕り方は、いつ来る？」

「半刻（一時間）後の、夜見世《よみせ》が始まる前までには……」

岡場所の夜見世は暮れ六つ（午後六時）に始まる。が、それだったら、暮れ六つまでにと言えばいい。言い方が妙だった。

「なぜ夜見世前なんだい？」

「狩場さまは、これまで何度か狐崎さまを捕えようとして、その都度煮え湯を飲まされております。

此度《こたび》も三十人の捕り方では心許《こころもと》ないと思ったのでしょう。といって、倍の六十人では大袈裟すぎる。そこで苦肉の策として浮かんだのが、根津門前町と宮永町の岡場所の亡八の駆り出しです。狩場さまは、最低でも五十人は駆り出せと、配下の同心に命じておりました」

「それで、忙しくなる夜見世の前か……」

姑息《こそく》な手段だ。夜見世前の手の空く時間帯を選んだと恩に着せて協力を要請すれば、断れない。もし断れば、即刻、手入れだ。断った亡八が経営する女郎屋は潰される。

「ふん、狩場惣一郎も、たまには妙手《みょうしゅ》を打つものよ」

ここで亡八が敵に付いたら、勝ち目はない。が、それはこちらが機を見て退却すれば済むことで、多勢《たぜい》に無勢《ぶぜい》、三十六計逃げるにしかずだった。

心配の種は亡八側にあった。必ず、北町の要請に逆らう臍《へそ》の曲がった亡八が出て来る。

仁、義、礼、智、忠、信、孝、悌を忘れた亡八だからこそ、命をかけても貫き通したい、おのれが決めた心の掟《おきて》のようなものがあるはずだった。

さしずめ、「大根や」の新右衛門が、その口だ。太鼓腹を揺すって笑い、八丁堀の狐は気に入ったが、川獺は気に入らねえぐらいのことを言って、要請を蹴ってしまうだろう。

「弱ったな」

十蔵が、珍しく迷いを口にした。

「おれは逃げ出したくねえ。ここを拠点にして、辰三を殺した梅次を召し捕り、お蓮、贋狐、黒装束の七人を探したい。そして何より、流行《はや》っているという麻黄を撲滅したい。が、おれがここで意地を張ったら、引っ込みがつかなくなる爺さんがいる。

『大根や』の新右衛門を苦境に追い込みたくねえ。

おれは決めたぜ。ここを出て行く。そうすりゃ、ここの亡八を駆り出す口実がなくなる。ふふふ、川獺が地団駄踏んで悔しがるだろうぜ。しかも、行先は目と鼻の先だ」

「どこです？」

「決まってる。池之端の孫六の家だ。いまは一太のものになっているようだが、あそこなら一度踏み込んでいるから勝手もわかるし、納屋には瘡持ちの梅次がいるかもしれねえ」

「押し込むんで？」

七蔵が嬉しそうに訊く。

「押し込みとは人聞きが悪い」

十蔵も楽しそうだ。

「城攻めよ。城を奪って、捕り方三十人を相手に籠城《ろうじょう》する」

「籠城もいいですが……」

伊佐治が冷静な声で言った。

「こっちの兵力は、狸の旦那を入れても、たったの四人。これじゃ、最初から戦《いくさ》になりませんぜ」

「いや、兵力は増えますよ」

三角が、口を開いた。

「鼬《いたち》の平助《へいすけ》を『狐の穴』に走らせました」

平助とは、三角の岡っ引きだ。

「さすが狸の旦那だ、抜かりがねえや！」

伊佐治の喜んだ声が上がる。

「猪吉、鹿蔵、蝶次の三人が来て七人か。何とか、なりそうだ」

「鼬の平助と下っ引きの五平《ごへい》と太助《たすけ》がいるから、三人加えて十人だ。それに……」

三角が、ほくそ笑む。

「岡っ引きの池之端の一太は、新顔の下っ引きを二人連れて、同心の梶山伊織のお供で奉行所におりました。

こっちは空家同然。城盗《しろと》りは成ったようなものですよ。おっ、平助の声がする。着いたようだな」

伊佐治が戸を開けてやると、鼬の平助、若い五平と太助、風呂敷包みを小脇に抱えた猪吉、鹿蔵、蝶次が入って来た。

「これで十人揃ったぜ！」

伊佐治がそう言ったとき、もう一人が颯爽《さっそう》と入って来た。

「十人じゃないわ！」

凜《りん》とした女の声だ。

「十一人よ！」

その声に、それまで半眼を閉じて平然としていた十蔵が、双眸《そうぼう》を大きく見開いた。

「お、お吉！」

冗談じゃねえ！　胸中で絶叫した。とんだ足手纏《あしでまと》いだ。おれは気を取られて、半分の働きもできなくなっちまう。

「狐の旦那、わっちも来ましたよ」

お吉は、叱られはしないかと瞳を見開いて、いまにも涙がこぼれそうな顔に、必死に笑みを湛《たた》えている。

一瞬、十蔵の脳裏に、「狐の穴」で鼈甲の張形を造っている松吉の姿が浮かんだ。地下への通路を塞げば、「狐の穴」の防御は万全だ。あちらには徳蔵、お茂の夫婦と、お袖、お美代がいた。なんとか留守を守ってくれるだろう。それに、来てしまったものを叱っても仕方がない。こうなりゃ、存分に働いてもらおうと考え直す。

「お吉、よく来てくれた」

十蔵は、にっこりと笑いかけた。

「弁天のお吉の目の前じゃ、みっともねえ戦はできなくなったぜ」

ぽろり。

お吉が涙を一粒こぼし、

「お前たち……」

風呂敷包みを抱えた猪吉、鹿蔵、蝶次を振り向く。

「早くそいつをお出し！」

狐の穴の捕物出役着《でやくぎ》だった。

十蔵は、狐色の火事羽織、野袴、陣笠、狐色の革の草鞋《わらじ》を履き、三尺五寸の黒十手を手にした。華やいだ気分になり、同時に身と心が引き締まる思いがした。

伊佐治、七蔵、猪吉、鹿蔵、蝶次は、狐色の半纏《はんてん》、股引《ももひき》、革草履姿で、手には特別に誂《あつら》えた、狐色に光る太めの樫の棍棒《こんぼう》を握っていた。

そしてお吉は、十蔵と同じ火事羽織を着て、陣笠の代わりに狐色の御高祖頭巾《おこそずきん》を被った、男勝りの勇壮な姿だ。

その「狐の穴」の奇妙な恰好を、町人姿の三角、鼬の平助、二人の下っ引きが、半ば呆れ、半ば羨望の目で眺めていた。

「それっ！」

十蔵が、黒い十手を采配のように振った。

「出動だ！」

十蔵を先頭に、夜見世前の根津門前町の岡場所に向かい、「大根や」の前で、
十蔵が大音声で叫んだ。

「おれは北町奉行所与力狐崎十蔵だ！　人呼んで、八丁堀の狐ともいう！」

何事かと、男衆が飛び出て来る。二階から女郎が顔を出す。そして一様に驚きの声をあげた。

「ひゃあーっ、たまげた！　狐の行列だあ！」

十蔵は、こほーん、と咳払いをし、叫んだ。

「みんな世話になった！　おれたちゃ、巣に帰る！　間もなく役人が狐狩りにやって来る。みんなを勢子《せこ》に駆り出そうとするが、もう狐はいねえと言ってやれ。それじゃ、おれたちゃ、姿を消すぜ。みんな、達者でな！」

十蔵は火事羽織を脱ぐと、はらりと裏返した。

裏は黒衣だ。

おきちも一斉に倣《なら》う。華やいだ狐の行列が、たちまち剽悍《ひょうかん》な黒装束の一団に変貌した。

「ひゃあーっ、頬を抓《つね》ろ！　狐に化かされるぞ！」

「あははは！」

十蔵は哄笑し、

「こおーん！」

狐のように鳴いた。

「それっ！」

黒い十手を振ると、黒装束の一団が旋風《つむじかぜ》になり、たちまちその姿を消した。

「いよーっ！　千両役者！」

太鼓腹の「大根や」新右衛門の大声が、夜見世前の根津門前町の空に響き渡った。

その声が消えて間もなく、宮永町の岡場所の方向から、口々に叫ぶ、悲鳴のような大声が聞こえて来た。

「や、役人だ！」

「け、警動《けいどう》だ！」

「大勢の役人が来たぞ！」

警動とは吉原の訴えで行う岡場所の取り締まりのことで、亡八も女郎も、これを鬼より恐れていた。が、根津門前町の亡八と女郎は慌てなかった。

事前に八丁堀の狐に教えられ、警動ではなく、狐狩りとわかっていたからだ。

やがて物々しい出《い》で立《た》ちの北町奉行所の役人が、根津門前町に姿を現した。

岡っ引き、池之端の一太の案内で、捕り方陣の先頭に立っているのは、陣笠、火事羽織、与力の捕物出役姿の狩場惣一郎だった。

その脇を白鉢巻き、白襷《しろだすき》、同心の捕物出役姿の梶山伊織ら六人の定町廻りが固め、御用提灯、突棒《つくぼう》、刺股《さすまた》、袖搦《そでがらみ》、寄棒《よりぼう》などの捕物道具を持った、獰猛《どうもう》な顔をした三十人の捕り方が従っていた。

四

上野山内の暮れ六つの鐘が聞こえた。

根津門前町の夜見世の始まる時刻だ。

十蔵は黒衣の裾を翻《ひるがえ》し、「狐の穴」の手下六人を率いて走っていた。十蔵の後ろに、お吉、七蔵、伊佐治が続き、猪吉、鹿蔵、蝶次の三人は、追っ手を警戒しながら追走した。

町人姿の狸穴三角、鼬の平助、五平、太助の四人は、別な行程で池之端にある一太の家に向かっていた。

〈際《きわ》どかったぜ〉

十蔵はぞくっと身を震わせた。あわや、川獺《かわうそ》に尻尾を摑まれるところだったが、間一髪のところで脱出できた。

〈追って来るな〉

根津門前町で巣に帰ると言っておいたが、そんなもので捕り方を騙せるとは思っていない。池之端の一太は、必ず気づく。

瘡持ちの梅次を匿い、麻黄を隠し持っていることが濃厚な池之端の一太が、「狐の穴」の出動を知って、安閑としていられるはずがなかった。おそらく、下っ引きを走らせる。そして十蔵たちがいるのを確かめたら、川獺に告げて、捕り方に包囲させる。不利な証拠を隠滅《いんめつ》するために、火を放つ恐れすらあった。

〈そうなってからじゃ厄介だぜ……〉

十蔵は内心焦りを覚えた。

〈その前に梅次を捕え、麻黄を押収してしまいたい。が……〉

耳の後ろでお吉と七蔵が吐く、荒い息の音が聞こえた。これより速く走ったら、女のお吉と、還暦の七蔵はついて来られなくなる。

二人に合わせた速度で走った。

七蔵が苦しそうだ。お吉の息も荒くなる。

〈ちっ！〉

舌打ちして、走る速度を落とした。

〈やはり足手纏いになったか〉

池之端の一太の家に近づいた。もしやと内心で懸念していたが、捕り方の姿はなかった。

「もうすこしだ！」

お吉を振り向き、叱咤《しった》した。

「頑張れ！」

「はい」

お吉の声は涼しげだ。足取りも軽い。呼吸の乱れもなかった。

おや、と思い、気づいた。わざとだったのだ。七蔵を気遣い、わざと荒い息を吐いていたのだ。

まんまと騙された。考えてみれば、元掏摸の姐御が、この程度の走りで荒い息を吐くはずがなかった。

〈くそっ、小癪《こしやく》な！〉

十蔵は罵《ののし》る。が、嬉しかった。

〈やっぱり、お吉はいい女だぜ〉

惚れ直した。

「狐の旦那！」

伊佐治が前方を指差した。

「戸が開いてやすぜ！」

一太の家の勝手口の戸が開け放たれているのが見えた。

何かの罠か？

近くに人のいる気配はなかった。

「鹿蔵！　蝶次！」

若い手下の二人の名を呼ぶ。俊足の二人はまだ力を余していた。

「ついて来い！」

十蔵は、長大な黒い十手を構え、勝手口から飛び込む。棍棒を握った鹿蔵と蝶次が続く。納屋の戸も開いていた。三人は、母屋の台所に飛び込んだ。

「ぎゃあーっ！　押し込み！」

鶏《にわとり》の首を絞めたような、老婆の悲鳴があがった。

「ど、どうか、い、命ばかりは、お助けを！」

賄《まかな》いの六十婆さんだ。

「殺しゃ、しねえよ」

十蔵が訊いた。

「ここは婆さんの他に誰がいる？」

婆さんが皺だらけの首を横に振った。

「い、いまは、わしだけじゃ」

鹿蔵と蝶次が奥へ走ったが、すぐに戻って来て頷いた。

「よし、みんなを呼べ」

鹿蔵と蝶次が出て行き、婆さんが十蔵を見あげて言った。

「あんた、知らねえだか？」

「何を?」

「ここは岡っ引きの家だよ」

「ああ知ってるぜ。孫六の下っ引きだった一太が、親分になったんだってな。あんな屑《くず》野郎が岡っ引きになるようじゃ世も末よ。ところで婆さん……」

十蔵はさりげなく鎌をかけてみた。

「納屋にいた梅次は、どうしたんだい?」

「そ、それなんじゃが……」

婆さんが怯えた表情になって、滔滔《とうとう》と喋りはじめる。

「わ、わしのせいじゃないぞ。う、梅次が、ひどく苦しんでおったんじゃ。唸りながら七転八倒《しちてんばっとう》して、水、水と叫んでおった。今にも死にそうなことを言うから、わしは可哀想になって、水を呑ませてやろうと納屋の戸を開けた。そうしたら、あの化け物は恩を仇で返して、けらけら笑いながら、わしを突き飛ばして逃げて行きおった」

「それはいつのことだ?」

十蔵の問いかけが鋭くなる。

「ほんのすこし前じゃが、慌てなさんな、あいつの行先はわかっとる。根津の岡場所じゃよ。瘡《かさ》をもらって、あんな面相にされたのに、恨むどころか恋しがる。鼻の欠けた醜い顔で、女郎に相手にされないのに行きたがる。わしにゃ、わからん。梅次は莫迦《ばか》じゃよ」

十蔵はようやく到着した狸穴三角を見て言った。

「梅次を向こうへ渡せねえ。渡したら闇から闇に葬られる」

「引き返すんで？」

「そうなる。が、おれはまだここに用がある。三角、悪いが、先に行って梅次を捕えてくれねえか。狐と違って、お奉行お気に入りの狸には、川獺も軽々しい真似はできめえ。

とにかく時間を稼いでくれ。そのうち、おれが駆けつけて、辰三を殺した梅次と、その梅次を匿った岡っ引きの池之端の一太を召し捕ってやる」

「向こうも狐崎さまを召し捕ろうとしますぜ。猪吉に気づけば、辰三殺しの下手人として捕えようとするでしょう。大混乱になりますよ」

「こっちはこの恰好だ！」

十蔵が、狐色の火事羽織の袖を引っ張る。

「中途半端は許されねえ！　そうだな、お吉？」

「そうさ！　わっちらは汚い悪党は許さない！」

お吉が凛とした声で答えた。

「潔《いさぎよ》さの欠片《かけら》もない悪党は、この世に生きている価値もないわ！　だから誰にも、梅次と池之端の一太を召し捕る邪魔をさせないつもりよ！　わっちら七人は一歩も引かないわ！」

「やれやれ、とんだ巴御前《ともえごぜん》のご登場だ。御意《ぎょい》にございます」

三角はおどけて応えると、鼬の平助、五平、太助を促して、来た道を戻って行った。

「わしはもう帰《けえ》ってええだか？」

婆さんは通いだった。念のため、七蔵に婆さんの住まいを訊かせ、帰すことにした。が、婆さんはぐずぐずしてなかなか腰をあげようとしない。

「婆さん、どうかしたかい？」

七蔵が訊くと婆さんが上目遣いになった。

「もし一太親分が捕まったら、わしの給金はどうなるんじゃろうか？」

「そうか、婆さんは給金が心配で帰れなかったのか。そりゃあ、一太が捕まったら、もらえなくなるだろうな」

七蔵としては他人事だ。

「そんな、わしゃ、困るだ。何とかしてもらえんじゃろうか？」

「そう言われてもな……」

思案し、妙案が浮かんでにやりと笑った。

「婆さん、台所にある物で、米なり味噌なり醤油なり、給金分を持ち帰ったらどうだい？」

すると婆さんが、ぱっと表情を明るくした。

「塩もええかい？」

「もちろんだ」

「砂糖もええかい？」

「構わんだろう」

「野菜と酒もええかい？」

「婆さん、そんなに欲張って、持って行けねえだろう」

「大八車を一台、もらって行くだ。ええだか？」

「ひゃはは……」

七蔵が大笑いをした。

「婆さん、あんたはえらい！　いかさま野郎の池之端の一太の上を行くぜ」

「いひひ……」

婆さんは得意そうに笑った。そして、小狡《こずる》い顔になった。

「とてもよく効く薬があるんじゃよ。それも、わしがもらって帰ってええじゃろうか？」

七蔵は、思わず十蔵を見た。

麻黄だ！

そのまま続けろ、と十蔵が目顔で合図する。

「婆さん、その薬、何に効くんだい？」

「わしは、ひどい咳が止まった。梅次は死ぬような骨の痛みが鎮まると言っておった。とにかく万能薬なんじゃ。わしの亭主も具合が悪くて、あの薬を待っておるんじゃ」

婆さんは一太の麻黄の隠し場所を知っていて、これまでもわからぬようにくすねていたようだ。

「その薬は、どこにあるんだい？」

「そ、それは……」

婆さんが言い渋りはじめた。教えるのが急に不安になった様子だ。

「いいのかな、そのうち一太が戻って来たら……」

七蔵が婆さんをそれとなく脅かした。

「たちまち斬り合いになって、薬どころか、米も味噌も持ち出せなくなるぞ」

「く、薬は……」

婆さんが、渋々、喋りはじめた。

「一太親分の寝間《ねま》の押し入れだよ。だけど布団の下じゃないよ。天井裏なんだ。そこに隠してある行李《こうり》に、びっしりと万能薬が詰まっておるんじゃ」

それを聞くと、伊佐治、猪吉、鹿蔵、蝶次の四人は奥へ消えた。

婆さんはそれを不安そうに眺めていたが、米櫃《こめびつ》の米を麻袋に移しはじめた。

別の数枚の麻袋に、味噌、醬油、塩、砂糖、酒、焼酎、鍋、茶碗、丼、皿、包丁、俎板《まないた》まで、手当たり次第に詰めて行く。まるで引っ越しだが、婆さんの何かに憑《つ》かれたような動作は異様だった。

七蔵が痛ましそうに眺めて首を横に振っていた。

やがて伊佐治ら四人が、行李を重そうに運んで来た。

「狐の旦那……」

伊佐治の声が弾んだ。

「どっさり麻黄がありやしたぜ」

「そうか、ご苦労！」

十蔵が四人を労《ねぎら》ったとき、婆さんが鬼女の形相になって、鶏が絞められたような悲鳴をあげた。

「ぎゃあーっ！」

白髪を振り乱し、手に包丁を握っていた。

「わ、わかったぞ、お、おまえら、わしの薬を奪いに来たんじゃろう！　そ、そうはさせんぞ！　さっさとその行李を置いて出て行かんと、この包丁で皆殺しじゃぞ！」

婆さんは麻黄中毒になっているようだ。妄想から、行李の麻黄を自分の物と思い込み、その薬がなくなる恐怖感から、心の平衡《へいこう》を失ってしまっていた。

「婆さん！」

七蔵が首を横に振り、悲しそうな声で叱った。

「こんな宵の口から酔っ払ってちゃ駄目じゃねえか。さあ、そいつをこっちへよこしな！」

七蔵が、包丁の前に右手を差し伸べる。と、婆さんは反射的に包丁を突き出した。

ぴしっ！

七蔵の右手が小気味のよい音を響かせて、婆さんの包丁を持った腕の手首を打った。

「ぎゃあーっ！」

婆さんが、三度目の鶏が絞められたような悲鳴をあげ、包丁を取り落とした。

「ど、どうか、命ばかりは、お、お助けを……！」

正気の目になって懇願する。

「七蔵、家まで送ってやれ」

「へい！」

七蔵は、十蔵の声に嬉しそうに答えた。

「そうしやす！」

婆さんは何事もなかったかのように、せっせと米や味噌を大八車に運んでいった。

五

「ぐふふ、女郎の匂いがしてくるぜ」

よれよれになった梅次が、気味の悪い声で笑った。根津門前町の華やかな紅灯《こうとう》に目を遣って、涎《よだれ》を垂らしていた。

「おや、あれは?」

目を剝いて前方を見る。

「くそっ、町方だ!」

物々しく捕物支度をした三、四十人の町方役人がいて、その先頭に十手を持った池之端の一太の姿があった。

「お、おのれ、一太の餓鬼《がき》め! わしを召し捕ろうってか!」

梅次は逆上して、大声で怒鳴りはじめた。

「よくも裏切りやがったな!」

岡場所のみんなが振り向く。が、すぐに梅次と気づいた者はいなかった。

「一太、そこを動くなよ! いまぶっ殺してやる!」

梅次は、手拭で頬被りをし、汚れた単衣《ひとえ》をまとい、素足に雪駄《せった》を突っかけて、懐に匕首《あいくち》を呑んでいた。

「一太のくそ餓鬼は、てめえの親分の孫六も裏切りゃがったんだ」

梅次が口の中で、ぶつぶつと呟く。悪魔の呪文のような陰にこもる声だった。

「一太は誰かに孫六、亀吉、鉄二の三人を殺させて、孫六の家と麻黄を独《ひと》り占《じ》めにした。知りすぎたわしも、いずれ殺そうと、納屋に閉じ込めておきゃあがった。が、ぐふふふ、抜け出してやったわ。

一太は知らぬだろうが、瘡毒には、晴れ間がある。突然、痛くもかゆくもなくなるんだ。頭も冴える。いまがそれさ。病人だと思って油断をしたら、ぐりっと腹を抉ってやるぜ。ぐふふふ、根津の辰三にしたようにな。あのときも晴れ間だったのさ」

梅次の目には池之端の一太の姿しか映っていない。

あと十数間《けん》（三十メートル弱）の距離に接近した。

それに気づいた一太は、恐怖の目を大きく瞠り、金縛りにあったように棒立ちになっていた。

「ようし、池之端の一太の命《たま》、もらった！」

梅次が懐の匕首の柄を握って叫んだとき、一陣の強い風が梅次の頬被りの手拭を飛ばした。

池之端の一太は、最初の一声で瘡持ちの梅次とわかり、仰天した。

〈納屋が破られた！　拙《まず》いぞ〉

真っ先に、天井裏の麻黄のことが気になった。目と鼻の先の距離にある、池之端の家に飛んで帰りたかった。が、案内人が勝手に持ち場を離れるわけにはいかない。下っ引きに耳打ちし、家の様子を探りに走らせた。

梅次が何か怒鳴っていた。どうやら梅次は、この大勢の捕り方が、自分を捕えに来たと勘違いしているようだ。

「一太、ありゃ何だ？」

与力の狩場惣一郎に訊かれた。が、一太は直接答えず、狩場にも聞こえる声の大きさで、直属上司の同心梶山伊織に報告した。

「あれが根津の辰三を殺した、瘡持ちの梅次でございます。普段は半分死んだような病人ですが、いまは麻黄を喰らっていて、怖いもの知らずの状態です。梶山の旦那、ここで梅次を下手に召し捕ったりしたら、それこそ何を喋るかわかりません。もし、孫六親分に頼まれて根津の辰三を殺したなどと喋られたら、一大事でございます」

「斬って禍根《かこん》を断て！」

狩場惣一郎が、こともなげに言った。

「伊織、あのような痴《し》れ者《もの》、即刻、無礼討ちにせい！」

「はっ、畏《かしこ》まりました！」

梶山伊織の顔面が引き攣《つ》る。伊織は、これまで一度も人を斬ったことがなかったが、刀の鯉口を切り、梅次の姿を求めた。

目が血走り、喉がからからになる。

梅次は十数間先にいた。

頬被りをして、背を丸め、よろけながら歩いて来る。酷《ひど》く惨めな恰好だ。瘡毒の末期でおまけに麻黄中毒だという。これでは刀で斬るまでもなく、棒で軽く突いただけで、倒れて息を引き取りそうだった。

一陣の強い風が吹いた。

頬被りの手拭が飛ばされ、梅次の顔が露《あらわ》になった。

梅次は満面で笑っていた。

双眸《そうぼう》が炯々《けいけい》と輝き、穴だけの鼻も笑っていた。褐色の骸骨の満面の笑みだった。

「ひ、ひゃーっ！」

梶山伊織は悲鳴をあげて後退《あとずさ》った。

「お、おれには、幽霊など斬れない！」

へなへなと腰砕けになって尻餅をついた。

「愚か者！」

狩場惣一郎が一喝する。

「梶山家を潰す気か！　立って、刀を抜け！　梅次を斬るのだ！」

「さ、梶山の旦那……」

一太が手を貸し、助け起こした。

「梅次を叩っ斬りやしょう」

「……わかった」

気をとりなおした梶山伊織は、刀を抜いて梅次が来るのを待った。

隠密廻り同心狸穴三角とその手下の四人は、物蔭に身を潜め、捕り方と梅次の動きを眺めていた。

「狸の旦那……」

鼬《いたち》の平助が、頬被りが飛んだ梅次の凄絶《せいぜつ》な顔を眺め、三角に言った。

「このままじゃ、狐の旦那が来る前に、梅次が斬られてしまいやすぜ。あっしらが飛び出して、梅次を掻《か》っ攫《さら》ってしまいやしょうか？」

平助は不惑（四十歳）になっても、血気盛んだった。下っ引きの五平と太助も、親分譲りで威勢はいいが、腕っ節の方は並だ。飛び出したところで、寄って集《たか》って取り押えられるのが落ちだった。

「まあ、待て……」

三角は逸《はや》る平助を抑えた。

「わしが狩場さまを化かしてみよう。知らないだろうが、人を化かすのは、狐より狸のほうが上手《じょうず》なんだ」

「どう化かすんで？」

「お奉行さまが来る。そう教えてやるんだ」

「どうなるんで？」

「お奉行は御定法に厳しいお方だ。町方役人が町人を無礼討ちにするなど以《もっ》ての外《ほか》。梶山伊織は切腹、おそらく、狩場さまもご処分が下ると脅かしてやるのさ。梅次は斬らずに召し捕りましょうと、な」

「狩場さまは、言うことを聞くと思いますか？」

「聞かなきゃ、梅次を掻っ攫う。が、あれで狩場さまは臆病者だ。お奉行に楯突く勇気など持っていない」

「おっ、梅次が目の前に来やしたぜ！」

鼬の平助の声が上擦った。

「ひでえご面相だが、笑ってやすぜ。抜刀した梶山の旦那を見て、ここで斬られると観念した、諦めの笑いなんですかね」

「いや、梅次は梶山伊織など眼中にない。一太を斬るつもりだ。よく見てみな、梅次は一太を真っ直ぐに見て、懐の匕首の柄を、しっかり握っているじゃねえか」

狸穴三角が梅次をやり過ごし、そっと物蔭から出た途端、「大根や」の二階から梅次に声がかけられた。

「おや、梅次さん、素通りかい」

亡八の新右衛門の声だった。

「夜見世も始まったばかり、ちょっと、寄って行きなせえ」

「ぐふふ、わしはいま忙しい」

「岡場所で忙しいのは、お女郎衆だけでよろしい。梅次さん、野暮はよして、二階にあがっておいで。わしと旨《うま》い酒を呑もう」

「ぐふふふ、いいのか？　銭はないぞ」

「それじゃ、酒だけだ！」

新右衛門の声は朗《ほが》らかだった。

「女郎は抱かせねえ。さあ、早くあがっておいで」

「ぐふふ、女郎屋が……」

梅次が、涎と一緒に文句を垂れた。

「女郎を抱かせず、あがっておいでもねえもんだ」

だが、梅次は嬉しそうに向かう方向を変え、「大根や」の敷居を跨《また》いだ。

六

「い、いかん！　見世に揚がらせては面倒だ。引けの九つ（午前零時）まで手が出せぬぞ！」

陣笠に火事羽織の狩場惣一郎が、「大根や」に入って行こうとする梅次を見て狼狽し、大声で怒鳴った。

「伊織、何をしておる！　は、早く、梅次を無礼討ちにせぬか！」

「はっ！」

梶山伊織が、抜き身を下げて「大根や」に駆け寄る。見世の土間に梅次の背中が見えた。

「梅次、お上《かみ》を畏れぬ暴言の数々許し難い！　成敗してくれよう！」

「ぐふふ……」

梅次が振り向き、鼻のない顔で笑う。

「女郎屋に段平《だんびら》さげて、旦那、野暮だね」

「お、おのれ！」

梶山伊織は、半分死んだような梅次に侮辱され、逆上した。

「斬り捨ててくれよう！」

見世に踏み込もうとした。と、岡場所の男衆五人に行く手を遮《さえぎ》られた。

男たちは廓《くるわ》の下働きの姿だったが、鍛えられた屈強な体軀《たいく》をしていて、手に太い樫棒《かしぼう》を持っていた。油断のない眼光も鋭く、喧嘩慣れした身ごなしだ。

それも道理で、この五人は根津門前町の岡場所の用心棒で、文字通りの亡八者だ。必要なら、一瞬の躊躇《ためら》いも見せずに命を捨てられる、半ば死人のような連中だった。

そんな連中を束ねているのが、「大根や」の新右衛門だったが、それを知る者はすくない。

「下郎、どけ！」

伊織が怒鳴った。

「邪魔をすると容赦はせぬぞ！」

五人は無言だ。が、子細《しさい》に眺めると、五人が五人とも、唇に薄笑いを浮かべている。

「お、おのれ、愚弄《ぐろう》するか！」

伊織は刀を上段に振りあげると、正面の男に鋭い斬撃を浴びせた。

道場剣法だが、真剣を振って、空気を切り裂く刃音を立てられるくらいの修行は積んでいた。

殺《や》った！

ばさっと肉を断つ音がして、鮮血が迸《ほとばし》る、と見ている者の誰もが思った。

が、伊織の刀刃は虚しく空を斬っていた。

正面の男の太い樫棒で刀を叩き落とされ、次の瞬間には他の四人の樫棒に全身を痛打されていた。

意識が薄れ、どうと倒れた。

「それーっ！　かかれ、かかれーい！」

狩場惣一郎が、狂ったように叫ぶ。怒りで気が動転し、冷静さを欠いた血迷った叫びだった。

「伊織を助け、梅次を斬れ！　構わぬ、『大根や』など、叩き壊してしまえ！　いや、火をかけろ！　お上に逆らう、根津門前町など焼き払ってしまえ！」

狸穴三角が、「大根や」の前で大手を広げて大音声を放った。

「狩場さま！　そのような暴挙、絶対になりませぬぞ！」

「何やつだ！」

「隠密廻り同心、狸穴三角！　この目で見、この耳で聞いたこと、すべてお奉行に報告します！」

「ふん、狐の腰巾着《こしぎんちゃく》の狸か。丁度よいわ。ここで料理して、狸汁にしてくれよう。どうした、逃げぬのか？　狐はとっくに尻尾を巻いて逃げて行きおったぞ！」

そのとき忽然《こつぜん》と、八丁堀の狐が、その勇姿を現した。

十蔵は黒衣を裏返し、夜目にも鮮やかに狐火のように揺らぐ、狐色の火事羽織を凜々《りり》しく羽織り、三角を背に庇《かば》う位置にすっくと立った。

お吉ら配下の六人も華やいだ狐色の装束で従っていた。

「狩場さま、八丁堀の狐は……」

十蔵が高らかと言い放った。

「いかなる場合も、町人の難儀《なんぎ》を見捨てて逃げたりしませぬぞ！」

「お、おのれ、おのれ、狐めが、ほざきおって！」

狩場惣一郎は何のつもりか、陣笠を毟《むし》るようにして取ると、十蔵に向けて投げつけた。

「ええい、何をしておる！　狐を生け捕れ！　い、いや、討ち取れ！　構わぬ！　町方は生きて捕えるが御定法なれど、悪足掻《わるあが》きをして刃向かう悪党は、斬って捨てるもやむを得ぬ！

こうなったら、梅次も、『大根や』の新右衛門も、用心棒も、狸も、狐も、みんな討ち取ってしまえ！」

十蔵は、狩場惣一郎に喋らせておいて、その隙に三角の耳元で囁いた。

「一太の家で麻黄の入った行李を押さえた。三角、それをおぬしの手でお奉行の役宅に運んでくれ。そこしか、安全な場所はなさそうだ」

「へい、で、麻黄はどこに？」

「うふふふ、あそこの駕籠よ……」

十蔵は面白そうに笑い、夜見世の客を運んで来て、この騒ぎに立ち往生しているように見える町駕籠を顎で差した。

「おれがこの黒十手を頭上で三度まわしたら、出発せよと言ってある。後を追いかけてくれ」

「承知……」

と三角は答え、喋りまくる狩場惣一郎に目を遣った。

「いつもと違って、川獺の旦那、ちっとばかし往生際が悪いと思いませんか？」

「たぶん、時間稼ぎだ。赝狐か、黒鍬者が来るのを待っているんだろう」

「そ、その前に、捕り方が来ましたぜ！」

狩場惣一郎に尻を叩かれた三十人の捕り方が、鬨《とき》の声をあげて押し寄せて来た。が、動作が緩《ゆる》い。

そちらへ向かって、十蔵の体が大きく跳躍した。

岡場所の通路の中央に躍り出ると、長大な黒い十手を、ぶん、ぶん、ぶん、と頭上でまわした。

駕籠屋への合図だ。

三角を振り向き、行け、と頷く。ついでに岡場所の五人の用心棒に声をかけた。

「あんたら、すまねえが、手を出さねえでくれ。こいつはおれたち身内のじゃれあいだ」

「へい、わかりやした」

すうーっと五人が、身を引いた。

三十人の捕り方が、肉薄していた。が、十蔵は落ち着いていた。

それというのも、根津門前町の通りはさほど広くないので、一度にかかって来られる人数は、せいぜい四、五人なのだ。地の利は少人数のこちらにあった。

「伊佐治！　猪吉！　鹿蔵！　蝶次！」

「へい！」

「柔術の稽古台が来てくれた！　感謝しながら、投げさせてもらえ！　怪我をさせたり、殺したら、技が未熟と反省しろ！」

「心得ました！」

「ようし、かかれ！　お吉と七蔵は、おれたちを突破した者を、棍棒で叩き返せ！　相手は弱い。力余って、殺すんじゃねえぞ。屑《くず》でも殺しゃ、寝覚めが悪い！」

　十蔵はこれを、ぽんぽんと捕り方を投げ飛ばしながら言った。

　これを聞いたら、怒るより先に意気消沈《いきしょうちん》する。闘志が萎えてしまう。たちまち、五、六人を地に這わせた。

　伊佐治たち四人も、「狐の穴」の道場で十蔵から鍛えられた起倒流柔術の技を発揮して、三、四人ずつを投げ飛ばした。

　四半刻（三十分）もせぬうちに、根津門前町の通りが、投げ飛ばされて呻き声をあげる、捕り方の体で埋め尽くされた。

「な、何たる醜態《しゅうたい》！　何たる無様《ぶざま》！　いまだかつてこんな惨めな敗北を味わったことがないわ！」

　狩場惣一郎が喚《わめ》き散らす。手のつけられない憤慨《ふんがい》ぶりだ。

「は、恥を知れ！　おぬしら、ぶ、武士なら、この場で腹を切れ！　ああ、わしは情けない！　こんな手下しかいなかったのか！」

岡っ引きの一太は、ぼんやりと突っ立っていた。

「この愚か者！」

いきなり、ぶん殴った。

「てめえも狐を退治に行かねえか！」

「あ、狩場さま、それどころじゃねえんで！　八丁堀の狐に天井裏に隠しておいた麻黄を見つけられて、ぜんぶ押収されてしまいやした！」

「な、何だと！　天井裏に麻黄を隠し持っておっただと！　わ、わしは知らぬぞ！　そんなこと聞いておらぬぞ！」

「そ、そんな！　狩場さまには梶山の旦那から、上納金も渡っているはずですぜ」

「し、知らぬといったら知らぬのだ！」

狩場惣一郎が、すらりと刀を抜き放った。

「あ、あっしを斬るんですかい！　都合が悪くなったんで、あっしの口を封じるんですかい！」

「慌てるな！」

狩場惣一郎が刀を肩に担いだ。

「こうなったら、八丁堀の狐を斬るしかなかろう！　わしが叩っ斬るから、一太、供をせい！」

これには、二人の話に聞き耳を立てていた配下の同心たちが仰天した。

狩場惣一郎が、剣の腕で狐に敵《かな》うわけがなかった。大刀を肩に担いで見せたのも、剣の構えによるものではなく、手に持っているのが重かったからだ。が、直属の上司を見殺しにもできなかった。

「狩場さま、お止めください！」

と、叫び、五人の同心が、大刀を抜いて肩に担いだ。

「八丁堀の狐は、われらが叩っ斬りましょう！　一太、これはお前が蒔いた種だ。十手を持ってわれらの前を走ってもらうぞ！」

「へい！」

一太は観念した。そこは悪党だ。腹は据わっていた。

〈ふん、どうってことはねえや……。ちょっとの間、いい夢を見させてもらって、元に戻っただけのことよ。こうなったら、もうすこしで大きく膨らんだかも

しれねえ、おれの夢を跡形もなくぶち壊してくれた、八丁堀の狐と刺し違えてやるぜ！〉

池之端の一太は、手にした十手を惜しげもなく溝《どぶ》に捨てると、長脇差《ながどす》を抜いた。

「さあ、同心の旦那方、狐退治にめえりやしょうぜ！」

一太は狐色の装束で暴れている八丁堀の狐に向かって走った。

白鉢巻き、白襷《しろだすき》、白刃《はくじん》を肩に担いだ五人の同心が、悲壮な顔で一団となって一太の後に続いた。

「どけどけ、道を開けろ！」

一太が叫んだ。

「狐はおれたちが退治する！」

「どかぬと怪我《けが》をするぞ！」

五人の同心が声を揃えた。

「おれたちゃ、本気で狐を斬りに来た！　道を開けろ！　さもないと、味方だとて容赦なく斬り捨てるぞ！」

五人の同心は、本気だと叫んでいるうちに本当に本気になったようだ。揃って鬼神の形相になっていた。

十蔵はそれを見て、棍棒と素手で捕り方と渡り合っている、伊佐治、猪吉、鹿蔵、蝶次に声をかけた。

「みんな、下がってろ！」

十蔵も刀を抜いて、肩に担いだ。馬庭念流の構えの一つだ。が、身内である北町の同心を斬りたくなかった。

「きええーっ！」

十蔵は裂帛《れっぱく》の気合いを発すると、肉薄する五人に向けて、肺腑《はいふ》を抉《えぐ》るような鋭い声を浴びせた。

「おぬしら、北町を潰す気か！」

鬼神の形相の五人の足が、どどっと音を立てて、剣の間合いの外で止まった。

五人の同心が憤怒《ふんぬ》の表情も凄まじく剣を振る。

「うおーっ！　狐、覚悟！」

間合いの外だ。

「ぎゃおーっ！　狐、死ねや！」

剣は届かない。

「でやーっ！　狐、行くぞ！」

虚しい一閃だ。

「いええーっ！　狐め、狐め、狐め！」

泣いていた。

「えいやあーっ！　くたばれ、狐！」

刀を地面に突き立てた。

「みんな、わかってくれて有り難うよ」

十蔵は礼を言い、刀を鞘に納めた。

これで収まらないのが一太だった。狐と刺し違えてやる、と「大根や」の軒先から八丁堀の狐の隙を窺った。

「ぐふふふ、池之端の一太親分、こんばんは……」

声より先に、どすんと体をぶつけられ、腹に冷やっとしたものを感じた。

「う、梅次！　お、おれを刺したのか？」

「ぐふふふ、一太よ、匕首が根元まで腹に埋まっておるわ。こうやって腹の中で刃をぐりぐりまわしてやると、腑《はらわた》がずたずたになる。ぐふふふ、気分はどうだい、一太？」

「く、くそっ、この死に損ないの化け物が！」

一太は死力を振り絞って、梅次を突き飛ばした。

「うわあーっ！」

梅次のぼろぼろの体が、一太の腹に匕首を残したまま、数間先まで転がった。

「ぐふふ、一太が怒りよったわ。ぐへへへ、死んで行く人間のしたことだ。許してやろう。ぐひひひ、一太のやつ、麻黄を持ってるかな。ぐふふふ、持っていればいいが……」

梅次は気味悪く笑ったり、ぶつぶつ喋ったりしながら、腹から血を流して動かなくなった一太に近づいた。

その行く手に、抜き身を下げた町方同心が、よろけながら立ちはだかった。

それまでどこにいたのか、亡八の用心棒に叩きのめされた梶山伊織だった。

「梅次、覚悟！」

止める間もなかった。顔に白刃を振りおろした。

「うわあーっ！」

梅次は叫ぶが、逃げる体力はない。顔を抱えて、しゃがみ込んだ。

「思い知ったか！」

伊織が、斬った。と言うより、刀で滅多矢鱈《めったやたら》に叩いた。

十蔵が歩み寄り、その腕を押さえた。

「もう、死んでるぜ」

刀を取りあげた。

「さあ、名乗りをあげろ！」

「名乗り？」

「そうだ。おれの言うとおりに言えばいい。いいかい、行くぜ……。拙者、北町の定町廻り同心、梶山伊織は……、さあ、やってみな」

「拙者、北町の……」

「声が小さい！」

「拙者、北町の定町廻り同心、梶山伊織は……」

「その調子だ……。根津の辰三を殺した、瘡持ちの梅次を成敗した！　さあ、大きな声でやってみな！」

「根津の辰三を殺した、瘡持ちの梅次を成敗した！」

「そうだ、その調子だ。最初から、もう一度やってみな！」

「拙者、北町の定町廻り同心の梶山伊織は、根津の辰三を殺した、瘡持ちの梅次を成敗した！」

「お見事！」

十蔵は拍手をし、茫然とした体で立っている狩場惣一郎を眺めて、会心《かいしん》の笑みを浮かべた。

第四章　狐《きつね》剣《けん》

一

そのころ、鼈甲職人の松吉は、大奥に納める張形を造りながら呻吟《しんぎん》していた。

〈できねえ！〉

これまで「狐の穴」の細工場で五本の鼈甲の張形を造ったが、どれもこれも出来映えが気に入らず、父親である根津の辰三の張形には遠く及ばなかった。

〈何が二代目根津の辰三の襲名だ。もし親父が生きていてそれを聞いたら、躊躇《ためら》うことなく、もう一度、おれを捨てる！〉

松吉は完全に自信を失っていた。

〈おれにはどう逆立ちしたって……〉

虚ろな目で、失敗作ばかりで半分の量に減らしてしまった、最上質のタイマイの甲羅を眺め、身の竦《すく》むような罪悪感と劣等感を覚えた。

〈根津の辰三が造った、見ただけでぶるると心に震えがくるような、鼈甲の張形は造れねえ〉

外見はいくらでも真似られるが、肝心の何かが不足していて、それが何なのか皆目《かいもく》見当がつかなかった。

〈せめて一度でも……〉

心から悔やまれた。

〈根津の辰三が、鼈甲の張形を造るところを見ておけばよかった〉

その機会はあったのだ。

一年前、千住大橋手前の小塚原《こつかっぱら》の女郎屋で、楼主に根津の辰三が造ったという鼈甲の張形を見せられた。むろん、楼主は松吉が辰三の子とは知らない。が、鼈甲職人であることは知っていて、十両もしたという、名人が造った鼈甲の張形を見せて自慢したかったのだろう。

松吉は、張形の見事さに目を瞠《みは》り、心を震わせ、口も利けなかった。気がつくと、根津の辰三の家の前にいた。

〈あれが他人だったら……〉

と、いまでも思う。

〈土下座してでも頼み込み、弟子にしてもらった〉

が、恨み骨髄《こつずい》の父親だった。意地を張って、とうとう会わずに戻って来てしまった。

仇に教わらなくても、根津の辰三を超えてみせると、意地を張った。

その思い上がりの罰が当たって、いまだに超えられずにいた。が、鼈甲細工の腕がそれほど極端に劣るとは、どうしても思えなかった。

鼈甲の張形は、薄く削った鼈甲を熱い鏝《こて》で貼り合わせて、魔羅《まら》の形にしていくのだ。

魔羅の形も、長さも、太さも、反り具合も、静脈の浮き出た様子も、辰三の造った張形に見劣りしなかった。が、目利《めき》きが見れば、月とスッポン、提灯《ちょうちん》と釣鐘《がね》ほどの大きな隔《へだ》たりがあった。

〈おれの張形では、大奥では通用しねえ！〉

「狐の穴」の誰もが、それに気づいたようだ。あっさりと松吉を見捨て、手の平を反《かえ》したように、誰も寄りつかなくなっていた。

あの猪吉さえ、弟子を返上したつもりなのか、今朝から一度も姿を見せなかった。

〈くく、おかしな同情をされるより、これだけ徹底されたら、いっそ、さばさばして気持ちがいいぜ〉

松吉は負け惜しみの苦笑を浮かべ、残ったタイマイの甲羅を、古綿で丁寧に包んだ。

〈それじゃ、これはお返しして……〉

愛《いと》おしそうに細工台に置くと、道具箱を肩に担いだ。

〈用なしの鼈甲職人は、言われぬ先に退散することにしよう〉

松吉は、細工場にしていた道場の神棚に一礼し、出口の階段に向かった。

〈あれ？〉

通り過ぎたのか、出口が見つからなかった。戻る。が、ない。

〈出口がない！〉

松吉は、愕然となった。どこを探しても、地下室から外に出る階段がなかったのだ。

階段があったはずの場所が、壁で塞がれていた。

壁を叩いた。

どん、どんと壁を叩き、大声で叫んだ。

「誰かいないか！」

その声が地下室に谺《こだま》した。外は静寂のままだ。「狐の穴」は外部と完全に遮断されている。

〈そ、それでか。誰も来なかったはずだ……〉

松吉はいたずらに騒ぐことを止めた。

「狐の穴」の外部との遮断が、松吉を害するためではなく、松吉を護るためであることは明白だった。

〈ここの連中はやることが徹底してるぜ〉

松吉は腹癒《はらい》せに出口を塞いだ壁を蹴って、その足の痛みに、はたと気づいた。

〈連中が闘っているのなら、負けることだってある。そのときゃ、どうなる？

おれはこのまま生き埋めになるってことか。

冗談じゃねえ、そんなこたあ、真《ま》っ平《ぴら》だ！　こう見えてもおれはれっきとした人間さま。ちゃきちゃきの江戸っ子の鼈甲職人なんでえ。

こんな狐の穴蔵なんかで、みっともなく野垂れ死《じ》んでたまるけえ！〉

ふと、細工台の上に置いた、タイマイの甲羅が目に入った。

〈どうせ死ぬなら……〉

ふらふらと細工台に吸い寄せられた。

〈好きなように鼈甲の張形を造ってみてえ〉

道具箱を開けて、細工台の前に座った。

〈おれはこうやって……〉

恍惚《こうこつ》の表情になって、飴色の鼈甲の地肌を、愛しい女の肌を愛撫するかのように柔らかく撫でまわした。

〈鼈甲細工の最中にぽっくりと死ねたら本望だぜ〉

松吉は鼈甲を薄く削り、熱した鏝《こて》で貼り合わせていくという、精緻《せいち》を極めた作業に取りかかったが、いつになく肩の力が抜けていて、無心になれた。

いつも松吉の脳裏の一角に居座っていた、根津の辰三の鼈甲の張形の影が、消えていた。

楽しんで作業に没頭した。

時の経つのを忘れた。

何の気負いも衒《てら》いもなく、心の赴《おもむ》くままに手と指を動かし、造りたいように造った。

一本目、二本目、三本目……、みな気に入った。

完成した三本の鼈甲の張形には、これまでになかった何かがあった。

人の心を得体の知れぬ感動で震えさせる何かが、確実に宿っていた。

もう、いつ死んでもいいと思った。

「親父、やっとできたぜ」

松吉は恩讐を超えて根津の辰三に報告した。

「お袋、もう親父を許してやろうぜ」

と、母親にも言った。

「これからは彼岸《そっち》で三人仲良く暮らそうぜ」

松吉は幸せだった。

四本目、五本目と艶《つや》っぽく息吹《いぶ》いているような鼈甲の張形が完成し、材料のタイマイの甲羅が底をついた。

もし材料があったなら、松吉は憑かれたように、いつまでもいつまでも鼈甲の張形を造り続けたことだろう。

ふと気がつくと、狐色の装束に身を包んだ「狐の穴」の面々が、細工台を遠巻きにしていた。

総大将の狐崎十蔵、お吉、猪吉、鹿蔵、蝶次、伊佐治、七蔵と、七つの顔が揃っていた。

首を巡らせて見ると、さっきまでなかった地上への出口が、何事もなかったの如く、以前からあった場所にあった。

「闘いは……」

松吉が、もつれた舌で訊く。

「勝ったんですね」

「ああ、勝った」

十蔵はそっけなく答え、つけ加えた。

「おぬしの父、根津の辰三を殺した瘡持ちの梅次も、昨夜、北町の同心に成敗された」

「そうですか、有り難うございました」

松吉は何のわだかまりもなく、根津の辰三のために礼を言うことができた。

「親父もこれで迷わず成仏できるでしょう」

十蔵は頷き、細工台に並べてある五本の鼈甲の張形に目を遣った。

「できたようだな……」

近づいて見て、感嘆の声をあげた。

「こいつは凄えや！　見るからにすぐにも子を孕《はら》ませそうな魔羅ぞろいだ。お吉、おめえには目の毒だ。あっち行ってな！」

「おほほほ、もう、遅いわ。わっちをごらん。ほら、涎が垂れているでしょう。お勝の方さまも、きっと、こうなるわ」

お吉は十蔵に軽口で応じながら、この出来映えなら大奥のお勝の方さまも満足なさると、松吉に告げていた。

「ま、松吉さん、いや、二代目根津の辰三親方……」

猪吉が松吉に抱きつき、感極まった声を放った。

「あんた、凄《すげ》えよ、ほんとに凄え！　何があったか知らねえが、昨日までとは大違いだ。見事に化けなすった！」

「これもすべてみなさまのお蔭です」

松吉は神妙に礼を言った。

「それにしても、ここに閉じ込められて、生きた心地がしなかったですよ」

「えっ？」

七人が驚いたように顔を見合わせた。

「だ、誰にも、この壁の仕掛けを教えられなかったのか？」

十蔵が、出口の脇にある狐の置物をずらして、現れた空洞の太い綱を引いた。

出口の壁が閉まった。もう一度、綱を引くと、壁が開いた。

二

数日後の昼八つ半（午後三時）過ぎ、十蔵とお吉は殿さまの下城時刻に合わせて、鍛冶橋《かじばし》御門内の大名小路にある、三河吉田藩主の老中首座、松平信明《のぶあきら》の上屋敷を訪れた。

十蔵はいつもの編笠に着流し姿、お吉は友禅染めの小袖、勝山髷《かつやままげ》に鼈甲の櫛《くし》、伽羅《きゃら》の香を漂わせていた。

お吉の髷を飾る見事な造りの鼈甲の櫛《くし》は、三日前に「狐の穴」を去った鼈甲職人の松吉が、余ったタイマイの甲羅で造ってくれたものだった。

「これは狐崎どのとお吉どの、最前《さいぜん》より殿がお待ちかねでございますぞ」

用人の石巻作右衛門《いしまきさくえもん》が、頑固一徹の三河武士といった風貌に似合わぬ、如才のない物腰で迎えてくれた。

「おう、お吉か、よく来てくれた。会いたかったぞ！」

書院に通されると、挨拶をする間もなく、三河吉田の殿さまが手放しのはしゃぎ声をあげた。

書院には先客が一人いて、こちらに背を見せていた。

十蔵は肝を冷やす。

これでは誰でも殿さまとお吉の関係を疑う。お吉は殿さまの子だ。それを知っているのは、殿さまと、亡くなった先代の四つ目屋忠兵衛と、十蔵の三人だけだった。

どうにもこの家中《かちゅう》は言動が軽い。困ったものだが、信明は知恵伊豆の末裔《まつえい》だ。薄っぺらではなかった。

無邪気を装いながら、したたかな計算があるはずだった。

それがなくて定信が挫折《ざせつ》した「寛政の改革」を、「寛政の遺老」の一人として引き継ぎ、成功裏に推し進めることなどできぬことだった。

「土佐が……」

と、殿さまが微笑《わら》った。

「十蔵に意見があると申すから、城から連れて来た」

先客は、北町奉行小田切土佐守直年《なおとし》だった。

「十蔵、わしにも根津門前町の武勇伝を聞かせてくれぬか……」

殿さまが好奇心旺盛な顔になって身を乗り出した。

「聞けば、わしが後見をする隠し番屋『狐の穴』の揃いの装束で、北町の捕り方三十人を相手に派手に暴れたらしいの。衆人環視《しゅうじんかんし》の岡場所で、北町の役人を蔑《ないがし》ろにした狐の所業は、じつにけしからぬ振舞いだと土佐が怒っておる。弁明があったら、この場でするがよかろう」

「はっ、申し訳ございません」

十蔵は神妙に答える。が、平然とした顔だ。

「その前にご覧ください」

袱紗《ふくさ》に包んだ三本の鼈甲の張形を取り出した。

「おお、これは見事な張形だ！」

両国薬研堀の四つ目屋忠兵衛の店を訪れたこともある三河吉田の殿さまは、閨《ねや》の秘具を見る目が肥えていた。

「わしが誰の作か当ててみせようか」

「どうぞ」

「張形で子を孕ませたという左甚五郎《ひだりじんごろう》の作であろう」

「残念ながら……」

十蔵が微笑み、首を横に振った。

「左甚五郎の作ではございません」

「ならば、鼈甲の張形造りの名人、根津の辰三であろう？」

「さすが、お殿さま！」

十蔵が手を叩く。

「半分、当たりました」

「半分だと？　それはどういうことだ」

「お殿さまがご存じの根津の辰三は殺されました。この三本の鼈甲の張形は、根津の辰三の名を継いだ、辰三の息子、松吉の作でございます。それで半分当たりと申しあげました」

「そうか、根津の辰三は気の毒なことをしたな。なぜ殺された？」

「それは……」

と、十蔵が言葉を選んでいると、目を三角にしてお奉行を睨んでいたお吉が先に口を開いた。

「四つ目屋忠兵衛を潰すためよ。ひいては悪事の邪魔になる狐の旦那を退治するためなんでしょうけど、そんな悪党の一味に北町のお役人が混じっていたのよ。けしからんのはそういったお役人の方で、狐の旦那じゃないわ！

そんな子供でもわかるような、単純明快な真実をわかろうともしないなんて、何が北町のお奉行さまよ！　ほんと、頭にくるんだから……」

お吉は心底怒っていた。が、「狐の穴」が旨《むね》とする、世のため人のための怒りではない。

愛する十蔵が貶《けな》されたことで、貶した北町奉行小田切土佐守直年を、瞬時にして不倶戴天《ふぐたいてん》の親の仇の如く、憎んでしまったのだ。

お吉がこうなったら、もうどうにも止まらない。お奉行に向かって柳眉を逆立てると、若い衆に言い聞かすような口調で、滔滔《とうとう》と言い立てた。

「いいこと、二度と言わないから、よく聞くのよ。

まず、大奥のお勝の方さまが、三河屋さんの耳元で、根津の辰三が造った鼈甲の張形が欲しい、と囁いたと思って頂戴。

三河屋さんは、さっそくわっちに注文してくれ、わっちもすぐに根津の辰三に仕事を依頼し、快諾《かいだく》してもらった。

ところが、根津の辰三は仕事を始める直前に殺されてしまい、預けておいたタイマイの甲羅も盗まれてしまった。

それればかりか、北町の定町廻り同心配下の岡っ引きに、死体を発見したわっちの店の猪吉が、根津の辰三殺しの下手人にされてしまった。

そこでわっちら『狐の穴』の女三人が、ふん、ぼんくら目明かし、どこに目をつけてんだい、と怒鳴ってやるつもりで池之端の孫六を探ってみたら、こいつがとんでもない悪党だったのさ。

『狐の穴』というと、雄狐《おぎつね》の活躍ばかりが目立つけど、雌狐《めぎつね》だってやるときゃ、しっかりやるんだよ。

わっちと、お袖と、お美代の三人で、池之端の孫六の張り込みと尾行をやって、孫六が相良屋惣兵衛の番頭の角蔵と頻繁に会っていることを突き止めた。

これですべてがお見通しになったってわけさ。

相良屋は、商売仇の三河屋の邪魔をして苦境に追い込もうと、根津の辰三を殺させたのよ。

そうすれば三河屋さんはお勝の方さまの不興を買うわ。

相良屋の思う壺ね。

根津の辰三を殺したのは、池之端の孫六に唆《そその》かされた瘡持ちで麻黄中毒の梅次で、その罪を猪吉に着せて、わっちの店を潰そうとしたのよ。

あら、なぜ潰すのかって顔をしているわね。

そんなの決まってるわ。

四つ目屋が旨味《うまみ》のある商売だからよ。

いずれ相良屋が誰かにやらせるつもりだったんでしょう。

それが証拠に相良屋は江戸中の鼈甲職人に、半年分の給金を前払いして、四つ目屋忠兵衛の仕事をさせないように押さえてしまったわ。

鼈甲職人の給金は高いから、その掛かりは半端じゃなくて、相良屋は一か八かの大勝負をしている、といった気がするわね。

番頭の角蔵は、麻黄の密売の元締《もとじめ》もしているようだしさ。

あら、欠伸《あくび》。つまらないの、わっちの話？

それじゃ、すぐに終わりにするけどさ、他人事《ひとごと》じゃないのよ、お奉行さま！

わっちらが追っていた池之端の孫六が、口封じのために仲間に斬られ、すぐに根岸の相良屋の寮に六人の男が集まったと思って頂戴。

その六人は、相良屋惣兵衛、番頭の角蔵、悪御家人の日比野主膳の三人と、北町奉行所筆頭与力の狩場惣一郎、定町廻り同心の梶山伊織、孫六の後を継いで池之端の親分になった一太。この三人の北町のお役人でした。

もうお気づきでしょう。

相良屋とつるんでいるお役人が率いる北町の三十人の捕り方に、わっちら『狐の穴』の七人が包囲されて、執拗な波状攻撃を受けたというのが、根津門前町の捕り物の真相なのよ。

しかも召し捕りなんて名ばかりで、大勢の同心が刀を抜いて襲って来たのよ。

それを怪我も負わせずに撃退した狐の旦那の、どこがけしからぬ振舞いなのか、お奉行さま、お訊きしたいわ」

ごほん！

お奉行は咳払いをして、天井を向いた。

えへん！

三河吉田の殿さまも、咳払いをしてお吉を見た。

「許せ、お吉！　土佐は怪《け》しからぬ振舞いなどとは申しておらぬ。わしの脚色だ。双方によかれと思って言ったのだが、まさか、お吉がこんなに怒るとは思わなかった。とんだ藪蛇《やぶへび》になってしまったわい。こりゃ、十蔵、早く、この跳ね返りを何とかせい！　天下の名奉行小田切土佐守を悪《あ》し様《ざま》に罵りおって、おぬしは一体、日ごろからどういった嬶《かかあ》教育をしておるのだ！」

こおん！

十蔵が咳払いをした。

「お吉、おれたちゃ、ここへ何をしに来たんだっけ？」

「そ、それは……」

お吉が、思い出したように三本の鼈甲の張形を見た。

「お願いがあって来たんだったわ」

「殿さまはご立腹だぜ。とても聞いてはくださるめえ」

「そんな、困るわ。十蔵、どうしたらいい？」

お吉が人前で十蔵と呼ぶことなどなかった。ひどく気が動転しているようだ。

「おれが知るけえ。おれは殿さまから、嬶の教育がなってねえって叱られたんだせ」

「だ、だって……」

お吉が大きく目を瞠《みは》り、十蔵の顔を凝視した。

亭主の悪口を言われて文句を言って何が悪い。その目はそう訴えていた。金輪《こんりん》際《ざい》謝るものかと意地を張っていた。が、謝らないと、この場の収拾がつかないことも知っている目の色だった。

ほろり。

大粒の涙が、お吉の頬を伝わった。きつく唇を噛み、口を開こうとした。

「お吉、もういい」

十蔵が制した。

「何も言うな。それがおれの嬶教育だ。誰にも文句は言わせねえ」

「十蔵、わ、わっちは……」

お吉の目から、堰《せき》を切ったように涙の粒がこぼれ落ちた。

「あ、謝ろうと……、十蔵が困るんなら、謝ったって、いいんだよ」

「お吉、おれは何も困らねえぜ」

十蔵は笑顔で言い放った。

「おれたちゃ、謝らなきゃならねえようなことは、何一つしていねえんだ」

「う、嬉しい！　わっちはここで十蔵と一緒にお手討ちになったって、すこしも後悔しないよ」

　お吉が涙を拭いもせずに幸せそうに笑った。

「まったく手がつけられぬわ……」

　三河吉田の殿さまが、嬉しそうな顔で嘆息した。

「土佐にはあとでわしから謝っておこう。で、お吉、わしに頼みというのは何だ？」

「あ、はい！」

　お吉が、改めて三本の鼈甲の張形を、殿さまの前に差し出した。

「これを大奥のお勝の方さまに、ご家来衆をお使いにならず、お殿さまのお手で直《じか》にお届けしてくださいまし」

「お吉はわしに飛脚《ひきゃく》をせよと申すのか？」

「相良屋は大奥にも手をまわし、この張形がお勝の方さまに渡らぬように、あらゆる妨害をするでしょう」

「それまでに？」

と、殿さまが眉を顰《ひそ》め、十蔵を見た。

「はい、相良屋惣兵衛一味は、いまや形振《なりふ》り構わず、仕掛けて参っております。麻黄の蔓延《まんえん》、贋狐の横行、黒鍬者による狐狩り、四つ目屋忠兵衛への攻撃、お吉の拐《かどわ》かし、何をやって来るかわかりません」

「お吉の拐かしだと！　な、ならぬぞ、十蔵！　そのようなこと、断じてさせてはならぬ！　そのための『狐の穴』と思え！　すみやかに許しておけぬ悪党どもを成敗するのだ！」

三河吉田の殿さまは、お吉が拐かされると聞いて、見苦しいほど周章狼狽《しゅうしょうろうばい》した。

「承知！」

十蔵が凜々しく答えた。

「只今より、隠し番屋『狐の穴』は、攻勢に転じます！」

三

〈ふふふ、狐め、やりおるわ……〉

北町奉行小田切土佐守直年は、呉服橋御門内の役宅に戻って着替え、縁側に出て煙管《キセル》を咥えると、胸中で呟いた。

〈お蔭で相良屋を追い込むことになってしまった〉

小田切土佐守は、相良屋と三河屋の喧嘩には、極力関わらないようにしてきた。が、番《つがい》の狐に化かされた老中首座松平信明に頼まれれば、狐に手を貸さぬわけにはいかなかった。

〈ふふ、とはいえ、真っ正直にやることもなかろう〉

相良屋惣兵衛は田沼意次の残党派であり、三河屋善兵衛は松平定信、信明派を後ろ盾にしていて、両派の実力は拮抗《きっこう》していた。

それだけに土壇場《どたんば》でどう転ぶかわからず、滅多《めった》なことでは旗幟《きし》を鮮明にできなかった。

ぽん、ぽん！

手を叩き、下僕に隠密廻り同心の狸穴三角を呼びに行かせた。三角は、北町唯一の狐の擁護者であり、欠かせぬ相棒だ。

「お奉行、お呼びでございますか？」

町人姿の三角が庭から入って来て、縁側に腰を掛けた。

「さっきまでわしは、狐崎十蔵とお吉の二人と、三河守さまの上屋敷で一緒だった」

「さようで」

「わしはその場で、お吉に糞味噌《くそみそ》に罵られた」

「腹が立ちましたか？」

「腹？　そういや、小気味よくぽんぽんやられて、腹を立てる間もなかったわ。それを立てると言えば、お吉は立派な鼈甲の魔羅を三本持って来ておったな。それをご老中が飛脚になって、お中臈お勝の方さまに、直《じか》にお届けになるそうだ」

「お奉行、三河屋と相良屋の鼈甲の張形を巡る争いは、どうやら勝負がありましたな」

「どうあった？」

「三河屋の勝ちです。もはや、相良屋は死《し》に体《たい》でしょう」

「死にかけた者はとことん叩け、か？」

「悪党の末路です。尋常じゃ、面白くありません」

「ふふふ、三角、わしは乗らねえぜ。今度のことは狐と狸に任せたほうがよさそうだ。たとえ相良屋がなくなっても、田沼派の勢力が壊滅したわけではない。まだまだ双方の力は拮抗しておる。

だから狩場惣一郎にも手を出させない。わかるな、三角、狩場惣一郎もまた狐崎十蔵と並ぶ、北町奉行所の厄介者なんだ。誰もこの二人の厄介者には引導を渡せねえのさ」

「わかっております。それで、瘡持ちの梅次を斬った、定町廻り同心の梶山伊織はどうします？」

「これが難しい。直属上司の与力狩場惣一郎を不問にして、その与力の指図に従って行動した同心の梶山伊織を罰するのも具合が悪いし、かといって梶山伊織まで不問にしたら、町奉行所役人と悪党との癒着《ゆちゃく》が、大手を振って罷《まか》り通ることになってしまう。

やむを得ぬ。三角、狐に言って、梶山伊織を案内役に使ってもらえ。そうすれば、伊織は賊に斬られて死に、弟が家督を継いで梶山家は安泰、町奉行所同心にもなれよう」

「やはり、それしかありませんか？」

「捕縛、切腹、家名断絶より、よかろう」

「三十俵二人扶持《ぶち》にしちゃ、荷が重すぎますな」

「ふふふ、その十倍の実入りがあると聞く。が、中には欲の深いのがいて、百倍、千倍を望むから、大きく転ぶ者が出てくる」

「仰るとおりで。何事も腹八分目が、よろしゅうございますな」

三角は微笑み、腰をあげた。

「それではこれより、『狐の穴』に行って参ります」

「あ、三角、しばし待て……」

お奉行が庭に下り立って、声を潜《ひそ》めた。

「お吉はご老中の何なのだ？　ご老中の優しさ、遠慮、気遣いが、並ではなかった」

「さあ、わたしは、背中に弁天さまの刺青をいれた、浅草奥山の女掏摸だったとしか、聞いておりませぬ」

「そうか、質問はもう一つある」

「何でございますか？」

「狐崎千代とは、どういう女《おなご》だ？」

「狐崎千代は北町奉行所与力狐崎十蔵の母親です」

「わしは……」

北町奉行小田切土佐守が、不機嫌な顔になった。

「余人の知らぬことを知りたい」

首のすげ替えが多い町奉行の延命策は、一にも二にも情報の収集力にかかっていた。

「ならば……」

狸穴三角が、とっておきの話をしましょうというように身を乗り出した。

「若いころの千代どのは、八丁堀小町と言われた美しさもさることながら、言い寄る若侍たちを、糞味噌にやっつけることでも有名でした。その弁舌の鋭さたるや、お吉の比ではございませんでしたぞ。むろんわたしも、一言《いちごん》もなく撃退されたロでございました。わははははは……」

その夜、両国薬研堀の「狐の穴」に、三角が定町廻り同心の梶山伊織を連れてきた。

十蔵は、道場で二人に会った。

「おれは、嫌だね」

三角の話を聞くと、十蔵が毒づいた。

「斬り死にしたきゃ、どこへなと勝手に斬り込めばいい。殺伐《さつばつ》としたこのご時世だ。望みどおり存分に斬ってもらえる。

ふん、まったく、冗談じゃねえぜ。おれはいつだって味方に一人の犠牲者も出さねえように気をつけて踏み込んでるんだ。死んでもいい人間なんかと組めるはずがなかろう」

「それなら勝手に……」

梶山伊織が目を吊りあげ、大刀の鯉口を切ると腰を捻って、抜打ちの一閃を十蔵に浴びせた。

「斬らせてもらおう！」

十蔵は跳び退《の》き、空を切ってたたらを踏んだ足を払った。

梶山伊織の体が宙に浮き、頭から落ちて、気を失った。

「狐崎さま……」

三角が、伊織の背中に膝を当て、活《かつ》を入れながら言う。

「こいつ、何とかなりませんか？」

息を吹き返した伊織が、怯えたように十蔵を見た。

「三つ、おれに約束できるか？」

伊織は、目を見張るだけで答えない。

「一つ、これからも、おれの命を狙え！　おれを斬って逃げろ！」

十蔵は、にこりともせずに言った。そして鋭く畳みかけた。

「二つ、これまでの柵《しがらみ》を断て！　土壇場に恩も義理も糞《くそ》もねえ。何も考えず、目の前に現れた敵を叩っ斬れ！

三つ、何が何でも生きろ！　死ぬなんて楽は許さねえ！　それなら、おれも力を貸す。どうでえ、やってみるか！」

「は、はい！」

伊織は思わずそう答え、それから三角を見た。

「わたしは狐に化かされたのでしょうか？」

「あははは、これだけは言えるぞ。なまじ人間に化かされるより、狐に化かされた方が、ずっと気分がいい」

深更《しんこう》、地下の道場で「狐の穴」の総員が車座になった。

狐崎十蔵、お吉、伊佐治、七蔵、猪吉、鹿蔵、蝶次、お袖、お美代、徳蔵、お茂の十一人と狸穴三角、梶山伊織だった。

「いよいよ祭りだ」

十蔵は、攻勢に転じることを祭りに喩《たと》えた。

「景気よくやろうぜ」

「どこから攻めます？」

伊佐治が訊く。攻め口は多いが、「相良屋惣兵衛」「番頭の角蔵」「贋狐」「七人の黒鍬者」、どこから攻めても簡単には行きそうになく、伊佐治には苦戦が予想された。

「先ず頭を叩こう」

十蔵が昂然と言い放った。

「相良屋本店の手入れをし、惣兵衛を召し捕る」

「川獺《かわうそ》が……」

伊佐治は不安そうに三角と伊織を見る。

「狩場さまが邪魔をしませんか？　黙って見てはいねえでしょう。三十人の捕り方に妨害されたら、形勢が一気に逆転されますぜ」

三角は伊佐治を見返して首を横に振った。

「狩場さまは根津門前町で味噌をつけた。現在はお奉行の命令で謹慎をしていて、三十人の捕り方は、わしが預かっておる。それを相良屋本店の手入れに向けよう」

「へえーっ、そいつはいいや。お奉行もたまには味な真似をしてくれるぜ。で、いつ、踏み込みますか？」

「明日四つ（午前十時）だ。そのころには、相良屋惣兵衛にも、二代目根津の辰三が造った鼈甲の張形が大奥のお勝の方さまの手に渡った情報が耳に入っているはず。そこへおれたちが踏み込んでやれば、相良屋惣兵衛は、踏んだり蹴ったり、泣きっ面に蜂、ろくな抵抗もできぬであろう。そうではないか、三角？」

「はい、仰るとおりでございます。手こずることなく相良屋惣兵衛を召し捕ることができるでしょう」

「そこで一つ、頼みがある」

「何でございます？」

「捕り方を五、六人割《さ》いて、四つ目屋忠兵衛を見張ってくれねえか」

「ええっ！　わっちが狙われるの？」

「いや、お吉ではない。四つ目屋の店だ。店の人間、客の区別なく、相良屋を召し捕った報復をされる恐れがある。が、おれたちは出かけてしまう。頼めねえか？」

「承知しました」

三角が即座に応じた。

「明日、四つ前に捕り方を十人、四つ目屋忠兵衛の周辺に配置しましょう」

「それなら安心だ」

「で、狐崎さまがそれほど恐れる相手とは何者なんです。むろん、おわかりなんでしょう？」

「池之端の孫六の家で、一度、襲われたことがある黒装束の七人の賊だ。賊の頭は嘘か真《まこと》か、黒鍬者と名乗っていた。が、得体の知れぬ相手だけに油断ができない。四つ目屋内部の防御は、残った者が抜かりなくやることになる」

防御の陣頭に立つお吉が、お袖、お美代、徳蔵、お茂を振り向いて頷き合った。

翌日四つ前、狐色の装束の狐崎十蔵、伊佐治、鹿蔵、蝶次の四人は、八丁堀同心の梶山伊織を案内人にして、日本橋伊勢町の相良屋の店の前に立った。

両国薬研堀の四つ目屋忠兵衛から駆けて来たのだが、猪吉と七蔵は防御のために残してきた。

狸穴三角の率《ひき》いる町方は、まだ到着していない。

「どういたします？」

梶山伊織が緊張で引き攣《つ》った顔つきで訊いた。

「その恰好では、目立ちすぎます。すぐに野次馬が集まって参りますよ」

十蔵は狐色の陣笠、火事羽織に黒い十手を肩に担ぎ、伊佐治たちは狐色の半纏に股引《ももひき》、太くて頑丈そうな特殊棍棒を手にしていた。この派手な恰好は、夜ならともかく昼間見ると、まるで吉原の狐舞《きつねま》いだった。

「ようし、踏み込もう！」

十蔵が店に向かって大音声を放った。

「おれは北町奉行所与力の狐崎十蔵だ！　相良屋惣兵衛に不審の廉《かど》あり、これより取り調べる。神妙にいたせ！」

すると、店の者より早く、押っ取り刀の浪人が飛び出して来た。用心棒だ。しかも五人もいる。堅気の呉服屋にしては多すぎた。

「邪魔立てすれば、容赦なく引っ括《くく》る！」

十蔵が一喝した。

「罪は惣兵衛と同罪。麻薬密売の元締の罪で、磔獄門《はりつけごくもん》は免れぬぞ！」

「な、何だ、そりゃ！」

用心棒が毒気を抜かれた顔になって尻込む。質より量で集められた、腕も肝っ玉も三流の浪人者のようだ。

「どりゃーっ！」

十蔵が吼《ほ》えた。

「とっとと去れ！」

五人に刀の鯉口も切らせず、懐に飛び込んで起倒流柔術の必殺技「竜巻落とし」を見舞った。

五人の体が、次々に、竜巻に巻き込まれた木の葉のように宙に浮いてきりきり舞いをして、どすんと頭から落ちた。

「ひ、ひゃあーっ！」

用心棒たちは、雲を霞《かすみ》と逃げ去った。

「梶山さま、これは一体、何事でございますか！」

相良屋惣兵衛の怒気を含んだ声がした。

「だ、誰か、早く、お奉行所の狩場さまにお知らせしてきておくれ！　それから日比野先生も呼んできておくれ！」

「日比野って誰だ？」

十蔵は小声で伊織に訊いた。

「飯田町の御家人、日比野主膳です。心形刀流の達人で、みなさんが騒いでいる、贋狐ですよ」

「な、何だと、なぜ、いままで隠していた？」

「別に隠してなんかいません。一度も訊かれませんでした」

「そうだがよ……」

十蔵が探るような目になった。

「ひょっとして、おめえ、おれたちが躍起になっている七人の黒装束の正体、それも、知ってんじゃねえのか？」

「それは知りません」

「嘘じゃねえだろうな」

「いまさら吐《つ》いて、どうなります？」

「それもそうだ」

十蔵は伊織を信じることにした。妙に呼吸が合って、一捻《ひとひね》りした感性も頼もしい。不浄役人と呼ばれる、町方向きの性格だった。

もしこいつがおれの配下だったら、と考えた。狸穴三角ぐらいの同心には育てやれるだろう。そして、まだ、これからでも間に合う、と思い直した。

そこへ、どやどやと、白鉢巻き、白襷の三角が、三十人の捕り方を率いて店に入ってきた。

「狐崎さま、只今、到着しました！」

「おう、三角か、ご苦労！」

十蔵が店の奥に向かって顎を振った。

「家探しをして、池之端の一太の家にあったのと同じ麻黄と、根津の辰三の家から盗んだタイマイの甲羅を見つけてくれ。甲羅には四つ目屋忠兵衛の刻印が押してある」

「それっ、かかれ！」

三角が采配代わりに十手を振ると、三十人の捕り方が土足のまま奥に散った。

「な、何をなさいます！　お止めください！　きゃあーっ！　ひゃーっ！　で、出て行って！　そ、そんなところに何もございません！」

番頭、手代、小僧の怒声や懇願する声、女中の悲鳴が、あちこちからあがった。

相良屋惣兵衛は、床の間に大きな木彫りの獅子《しし》の置物がある部屋で、狐崎十蔵、梶山伊織と対峙していた。

惣兵衛は自分《おのれ》を獅子に擬していたらしく、相良屋では獅子の像や置物が目についた。十蔵はふと、「狐の穴」の道場脇の狐の置物を連想した。いまや十蔵は、自他共に許す、狐の化身《けしん》だった。

「これが噂に聞く……」

惣兵衛が、さすがに落ち着いた声で言った。

「八丁堀の狐とやらの流儀でございますか。手柄にがつがつして、浅ましい限りでございますな」

「そうよ、相良屋、おれが、おめえが殺し損ねた八丁堀の狐よ。おれは根が正直な人間だ。てめえを殺そうとした相手に甘い顔はできねえし、容赦もできねえんだ。それくらいの覚悟はして、このおれを狙わせたんじゃねえのかい？」

「何のことやら、一向に存じません」

「そうかい。ところで相良屋、番頭の角蔵の姿が見えないが、どこにいるんだい？」

「角蔵には暇《いとま》を出しました」

「ほう、それは早手回しな。で、どこへ行った？」

「さあ、存じません」

「まさか、口封じをしたんじゃなかろうな？」

「滅相もない。第一、そんな必要が、どこにございますんで？」

「角蔵は、孫六と梅次に根津の辰三を殺させた。そして、行きがけの駄賃に、タイマイの甲羅を奪った」

「なぜ、そんなことを？」

「ふん、とぼけるねえ！　三河屋が大奥のお勝の方さまから辰三作の鼈甲の張形を望まれたことを、知らなかったとは言わせねえぜ。辰三を殺し、鼈甲の張形を造れなくして、三河屋の足を引っ張ろうとしたことは明々白々なんでえ！」

「あっはははは、またそれですか、じつに迷惑な話でございます。双方の後ろ盾が、わたしども相良屋が田沼意次さま、三河屋さんが松平定信さまと、犬猿の仲だったお二人ということで、世間さまが勝手に面白がっていろいろと言うだけでございますよ」

相良屋惣兵衛は、必死に言い逃れようとしながら、ちらちらと梶山伊織を見た。本心から狐に寝返ったものか、それとも従ったふりをしているだけか、計りかねているようだった。

「相良屋、悪足掻《わるあが》きはよせ……」

梶山伊織が乾いた声で引導を渡した。

「わしがおぬしらといて、見たこと、聞いたこと、やったこと、すべてを話した。もはや逃れられぬと観念するんだな」

「これは笑止千万《しょうしせんばん》！　裏切り者の同心の戯言《たわごと》を誰が信じましょう。狐崎さま、証拠をお見せください！　麻黄はどこにございましたか？　四つ目屋忠兵衛の刻印のあるタイマイの甲羅は、どこにございましたか？

さあ、狐崎さま、証拠がどこにございます！　証拠もなくて、間違いだったでは、絶対に済ませませんぞ。

相良屋惣兵衛の身代をかけて、北町奉行所与力狐崎十蔵に、若年寄さまより切腹の沙汰を下していただきますぞ！」

思いあがった商人が本性を剝き出しにして恫喝《どうかつ》する。武士の切腹も金で買えると思っているようだ。

「やかましいやい！」

十蔵が、尻《しり》をまくった。

「証拠、証拠と一つ覚えで叫びやがって。そんなに証拠が拝みたきゃ、いま拝ませてやるぜ！」

十蔵は怒鳴りながら、惣兵衛の目の動きを見た。惣兵衛の目が不安そうに、ちらっと獅子の置物を見たのを見逃さなかった。

十蔵は立ち上がると床の間にある獅子の置物をずらした。

空洞が現れ、綱《つな》が見えた。引く。隠し戸が開いた。棚に麻黄と四つ目屋の刻印入りのタイマイの甲羅があった。

「うわあーっ！」

相良屋惣兵衛が、絶望的な大声をあげ、逃げようとした。その襟首を摑み、足を払った。惣兵衛の体が、天井にぶつかり、どさっと落ちた。

「さあ、ようく拝みやがれ！　これが証拠だ」

その声に、三角、伊佐治、鹿蔵、蝶次が、部屋に飛び込んできた。

十蔵が、鹿蔵と蝶次に目配せする。二人は素早く、四つ目屋の刻印が入ったご禁制のタイマイの甲羅を半纏《はんてん》にくるんだ。

三角はそれを見ぬふりをして、麻黄だけを押収した。これで相良屋惣兵衛は、磔獄門《はりつけごくもん》の極刑に処することができる。

「それっ！　極悪人を引っ立てい！」

狸穴三角が高らかに言い放った。

四

飯田町の日比野主膳は、窶《やつ》れ気味の顔を編笠で隠し、着流しに雪駄履き、大小二本差して、相良屋に向かって走っていた。

体が重かった。

病気だ。おそらく、労咳《ろうがい》。

咳が出た。

麻黄は、咳止めに効いた。また、あれにも効いた。

麻黄を呑んでお蓮と交合《まぐわ》っていたところへ、相良屋の小僧が飛びこんできた。

「日比野先生、旦那さまが大変です！」

「どうした？」

お蓮の体を離さず訊いた。最近は、四六時中《しろくじちゅう》、交合っている。

「こっちへ来て話せ」

寝間に呼ぶ。小僧は襖の外から告げた。

「狐色の装束のお役人が、旦那さまを召し捕りに来て、用心棒の先生方は、あっという間に投げ飛ばされてしまいました」

主膳が、お蓮の体を突き離した。

「おのれ、八丁堀の狐め、どけっ！」

「きゃ、何すんのさ、痛いじゃないか！」

「出かけるぞ」

主膳はお蓮に言い、褌《ふんどし》を当てながら襖を開けた。

「惣兵衛は捕まったのか？」

小僧が首を強く横に振った。

「わ、わたしがいたときは、まだ……」

「よし、わかった。すぐ行く」

小僧に鐚銭《びたせん》の駄賃をやって、背中を叩く。

「気をつけて帰れよ」

それから一人で支度をして出て来た。

お蓮は不貞寝《ふてね》をしていた。このところずっと機嫌が悪い。が、麻黄を土産に持って帰れば、たちまち機嫌は直る。

走っているうちに体が軽くなった。

〈これならいま立ち合ったら……〉

腰を落として、地を這うような走りになる。相良屋が見えて来た。

〈狐を斬ることができる。が、日が経てば不利、病に負ける〉

走りながら、鯉口を切った。八丁堀の狐がいたら、問答無用で斬り捨てる構えだ。

「日比野先生！」

小僧が気づいて走り寄ってくる。目を泣き腫《は》らしていた。

「だ、旦那さまは、奉行所へ連れて行かれてしまいました」

「そうか遅かったか……」

主膳は落胆したが、相良屋惣兵衛も八丁堀の狐もいない相良屋に用はなかった。踵《きびす》を返した。

〈これからどうする……〉

何の当てもない。途方に暮れた。相良屋惣兵衛という金銭的な後ろ盾を失ったうえ、麻黄の入手方法もわからなかった。

〈ふん、これじゃ、赤子《あかご》同然だぜ。どこかで立腹《たちばら》でも切るしかなくなってしまったわい〉

気がつくと、芝居小屋や見世物小屋で賑わう、両国広小路の混雑の中にいた。

「これは狐の旦那、見廻りでございますか……」

見知らぬ遊び人ふうの男が笑顔で頭をさげてゆく。

「おっ、八丁堀のお狐さま、ご苦労さまです。へい、本日はご活躍で、ざまあみろ、相良屋でごぜえやす……」

こっちは大工の棟梁《とうりょう》のような爺さんだ。

早くも両国広小路を通る誰もが、八丁堀の狐が相良屋惣兵衛の悪事を暴《あば》いたことを知っているようだった。

そして編笠を被り、着流し姿の日比野主膳を見て、誰もが八丁堀の狐と勘違いをしていた。

主膳は贋狐の恰好をしている律儀《りちぎ》さで、ふむとか、おうとか、一人ひとりに応じてやりながら、薬研堀に達していた。

そこには四つ目屋忠兵衛があり、地下に狐崎十蔵の隠し番屋「狐の穴」があるはずだった。惣兵衛からも何度か、腕利きの浪人を率いて押し込めないかと訊かれ、自殺行為だと言って断ってきた。

〈磔《はりつけ》獄門の惣兵衛へのはなむけに……〉

主膳は、編笠をとって空に放った。

〈『狐の穴』に斬り込んでやろうぞ！〉

刀の鯉口を切って前を見ると、怯えた表情のお蓮が立っていた。

「あ、あんた、斬らないで！」

お蓮は交合《まぐわ》うことしか知らない腎張《じんばり》の主膳に飽き飽きしていたが、足抜けをした「大根や」の亡八の追跡を恐れて自分から転がり込んだ手前、歯を食いしばって堪えていた。

〈こんなことなら……〉

お蓮は心で泣いた。

〈「大根や」で客をとっていた方がずっと楽だった〉

無役とはいえ、仮にも天下のご直参の御家人なら、一応、それなりの体面を保つ暮らしをしていると思っていた。が、とんでもない。奉公人はとっくの昔に、主膳の放蕩無頼に愛想を尽かして去っていったらしく、屋敷は荒れ放題の狐狸《こり》の住まいと化していた。

〈何が御家人よ……〉

お蓮は心中で罵《ののし》った。

〈裏長屋の傘《かさ》張《は》り浪人の方がまだましだわ〉

そのくせ、小判が何枚も無造作に置いてあったりして、自由に使えと言われた。

今朝、相良屋の小僧が呼びに来て主膳が出かけたとき、逃げるならいまだ、と直感した。いまをおいて逃げるときはないと、家中を引っ掻きまわして七枚の小判を見つけ、その中から五枚もらった。

〈おほほ、揚代《あげだい》よ……〉

小判を懐に入れて笑った。

〈日比野の旦那、朝から晩まで毎日のようにやって、たったの五両じゃ、お得だったわね〉

行先は決めてあった。

八丁堀の狐が匿ってくれると言った、両国薬研堀の四つ目屋忠兵衛だ。

両国広小路まで必死に逃げて、もう大丈夫と、年季明けの吉原の花魁《おいらん》が始めたという幾代餅《いくよもち》を手土産に買った。

そして、いそいそと向かった四つ目屋の前で、思いも寄らぬ日比野主膳の待ち伏せを受けた。

主膳は編笠を放り、何かに憑かれたような目になって刀の鯉口を切った。

「あ、あんた、斬らないで！」

お蓮は夢中で叫び、主膳の顔をめがけて幾代餅の箱を投げつけると、薄暗い四つ目屋の入口に向かって走った。

「待て、お蓮！」

主膳が追ってきた。

「いやーっ！」

お蓮は必死で叫ぶ。

「斬らないで！」

ぴいーっ！

呼子が鳴った。

「曲者！」

声があがった。

「出合え！」

潜んでいた町方が、姿を現す。あたかも主膳の斬り込みを予知していたかのように、武装して待ち構えていた。

「ちっ、狐め、抜かりがないぜ！」

主膳が舌打ちをして、くるりと背を見せた。

「怪しい奴！　逃がすな！　召し捕れ！」
五、六人の捕り方が口々に叫び、逃げようとする主膳に躍りかかった。
「ふん、雉《きじ》も鳴かずば……」

主膳が抜打ちに、躍りかかってきた捕り方の胴を薙ぐ。すぱっと刃が向こうに抜けて、胴が二つになった。

「ふふふ、打たれまいに。おぬしも鳴いたな！」

正面にいた別の一人を、真っ向唐竹割りにした。

この凄まじい殺法《さっぽう》は、八丁堀の狐が許せぬ極悪人に引導を渡すときに振る、必殺の破邪の剣と同じだった。

贋狐は、容姿《ようし》風貌《ふうぼう》だけでなく、遣う剣も真似ていた。

捕り方が色を失い、立ち竦む。

主膳は、懐紙で刀の血を拭い、鞘に収めると、お蓮を見た。

お蓮は首を横に振って、声をかぎりに叫んだ。

「八丁堀の狐、は、早く、助けておくれ！　『大根や』のお蓮だよ！　約束どおり、匿っておくれ！」

主膳が残忍な笑みを頬に浮かべた。いずれおまえも斬る。そんな笑みだ。

そして、編笠を拾いあげ走り去った。

お蓮は四つ目屋に入る。店の中は薄暗い。近くに人の気配を感じた。

「お蓮、こっちだ」

根津の辰三に似た醜男で、ずんぐりむっくりの猪吉だった。

懐かしい顔だ。が、お蓮は孫六と組んで、猪吉に辰三殺しの罪を着せようとしたのだ。

「あのときはご免、謝って済むことじゃないけどさ」

お蓮が素直に謝ると、猪吉は頷いた。

「親方を殺した孫六と梅次は死んだ。タイマイの甲羅も取り戻せた。鼈甲の張形造りの名人、二代目根津の辰三親方も誕生した。あとは贋狐の召し捕りだけだ。

お蓮、力を貸してもらうぜ」

「な、何をするんだい？」

　お蓮が不安げに訊いた。

「あたしゃ、もう、危ないことはご免だよ」

「何かしてもらおうってんじゃない。地下の『狐の穴』に匿うから、贋狐について、知っていることを話してくれりゃいい」

「それならいいけどさ。八丁堀の狐、いないのかい？」

「狐の旦那は留守だ」

　猪吉が答えたとき、店の奥の空気が揺らぎ、伽羅《きゃら》の微かな香りが移動してきた。

「お蓮さん、ようこそ」

　狐色の火事羽織を着たお吉だった。

「わっちは、狐の旦那の留守を預かっている、四つ目屋忠兵衛こと弁天のお吉よ。安心おし。何も訊かない。無条件で匿ってあげる。猪吉、いいわね？」

「はい、姐御！」

「そうじゃないでしょう」

「あ、はい、旦那さま！」

「それでいいわ。お蓮さんを下に案内して頂戴。『狐の穴』に入ったら、面倒でも階段は塞ぐのよ」

お蓮はお吉に圧倒されて、一言も口を利くことができなかった。

五

〈ようし、頭を潰したぞ！〉

十蔵は、引き立てられて行く相良屋惣兵衛の姿を目で追い、胸中で快哉《かいさい》を叫んだ。

〈残る胴と手足もすぐに退治してやる！〉

胴とは、番頭の角蔵のことだ。が、本来はこっちが頭のような気がしていた。相良屋を去ったというのも、何か策があってのことだろう。只者ではなく、得体の知れぬ男だった。

そして手足とは、言わずと知れた贋狐と、黒覆面に黒装束、黒鞘の大小を差した、七人の黒鍬者のことだ。

この手足が、八丁堀の狐の手で相良屋惣兵衛が召し捕られたと知ったら、即座に報復に出るのは必至だった。

真っ先に十蔵の命を狙うだろう。

中でも黒鍬者は、報復は恰好な口実になっただけで、最初から狐崎十蔵の抹殺が目的だったような気がする。

次いで四つ目屋忠兵衛の襲撃だろう。

そこにある隠し番屋「狐の穴」は、十蔵の最大の強みであり、同時に最大の弱みでもあった。

襲撃されてお吉たちが人質になったら、身動きがとれなくなる。防御に力を割かざるを得なかった。

この他にも三河屋善兵衛の襲撃、北町奉行所の襲撃などが考えられるが、十蔵はいずれの報復も許すつもりはなかった。

狐色の装束の十蔵、伊佐治、鹿蔵、蝶次と、八丁堀の同心姿の伊織は、意気揚揚と相良屋を引きあげた。

「伊織……」

十蔵が歩きながら伊織に訊いた。

「角蔵はどこにいる？」

「たぶん、根岸の寮です」

「よし、行こう。案内してくれ。ところで角蔵は一人ではなかろう？」

「御家人の日比野主膳こと贋狐とは、そこで会っておりました」

「ふふふ、役者が揃ったな。黒鍬者はいなかったか？」

「それは一度も見ておりません」

「となると、黒鍬者は相良屋とは別口ってことか。厄介だな」

「狙われる心当たりはおありで？」

「そんなもの、掃いて捨てるほどある」

十蔵が不敵な笑みを浮かべた。

「他人事のように訊くが、伊織、おめえもその一人なんだぜ」

「せ、拙者はもう……」

「ふん、いいと言った覚えはねえぜ。おれといたかったら、おれを狙え。ところで……」

と、伊佐治のほうを振り向いた。

「口の堅《かて》え古着屋はねえか？」

「へえ、和泉橋の際《きわ》に、高木屋《たかぎや》ってのがあります。が、何を？」

「着替えてえ」

「戻らねえんで？」

「四つ目屋忠兵衛を見張られていたら、後手を踏む」

「わかりやした。高木屋に行きやしょう」

「鹿蔵と蝶次は……」

十蔵は二人を見て言った。

「戻ってお吉を手伝え。それからおれたちの居場所は、根岸の御行《ごぎょう》の松に来れば
わかるようにしておく。何かあったら知らせてくれ」

「はい、わかりました」

やがて、神田川にぶつかり、一行は左右に分かれた。

十蔵、伊織、伊佐治の三人は、左に折れて柳原土手の和泉橋に向かい、鹿蔵と
蝶次の二人は、右に折れて両国薬研堀の四つ目屋忠兵衛に向かった。

半刻（一時間）後、根岸の時雨岡《しぐれのおか》不動堂《ふどうどう》の境内にある、枝垂《しだ》れ柳のように枝が
垂《た》れ下がった松の古木の下に、編笠、着流しの二人の武士と、小柄な町人の姿が

あった。

高木屋で着替え、簡単な変装をした、十蔵、伊織、伊佐治の三人だった。

「どうして、御行の松なんですか？」

伊佐治が、伊織に訊いた。

「昔、上野寛永寺の御門主《ごもんしゅ》が、この松の下で修行をしたそうだ。それで御行の松と呼ぶようになったと聞いた」

「さようで。それで相良屋の寮はどこですか？」

「あそこの呉竹《くれたけ》の生垣に囲まれた家だ」

「へえーっ、物騒な連中が集まる寮にしては普通の家ですね」

「惣兵衛が、塀を高くすることを許さなかった。瀟洒《しょうしゃ》を競う商人の見栄だろう。お蔭でここから覗ける。おや、人の足が見えるぞ！」

まだ陽が高く、縁側に接した部屋の障子《しょうじ》が、開け放たれていた。

「投げ出された足が六本か。すくなくとも三人はいるとわかった」

十蔵が興奮した声で言った。

「おそらく家の中にはもっといるだろう。が、あのくつろいだ様子では、まだ相良屋惣兵衛が捕まったことを知らないようだ。おっつけ誰かが知らせに来る。面白いことになりそうだぜ」

「こいつら何者でしょうか？」

伊織が訊ねた。

「わからぬか。着物の裾の色を見ろ。三人とも黒い」

「そ、それでは！」

「そうだ。黒覆面、黒装束、黒鞘の刀の黒鍬者だ。あの七人も相良屋の一味だったんだ。これで一網打尽《いちもうだじん》にできる！」

「この三人で……」

伊織が怯《ひる》んだ声になった。

「無理では？」

「捕えるのが無理なら……」

十蔵は答えた。

「斬る！」

「三角の旦那に知らせて来やしょうか？」

伊佐治が訊いた。

「間に合わねえ！」

十蔵がぞっとするような笑みを浮かべた。

「心配《しんぺえ》するねえ！　七人に狙われているのはおれだ。おれが虚を衝いて、斬り捨てる！　伊佐治、相良屋の寮の向こうにある、山茶花《さざんか》の生垣の家があるだろう。あの家を借りてくれ。そうすりゃ、敵の動きが手に取るようにわかる」

「合点だ！」

伊佐治は不動尊の境内を出ると、何食わぬ顔で相良屋の寮の前を通り過ぎ、山茶花の生垣の家に入って行った。

すぐに合図の手拭が振られた。

十蔵と伊織は迂回《うかい》してその家に入った。喜寿《きじゅ》（七十七歳）だという日本橋の大店の隠居が、磊落《らいらく》に笑って迎えてくれた。

「うおっほっほっほ！　根岸は昔から狐や狸の伝説には事欠きませぬが、また新しい狐の伝説が誕生するそうですな。この陋屋《ろうおく》がお役に立つのなら、どうぞご自由にお使いなされ」

隠居所の庭に物置があって、戸の隙間から覗くと、そこから相良屋の寮の人の出入りが手に取るようにわかった。そして二つの生垣を跳び越えれば、簡単に寮に斬り込むことができた。

十蔵と伊織が物置に入り、伊佐治は御行の松に戻った。

四半刻（三十分）後、隣家に慌ただしい動きがあった。

黒覆面こそしていないが、塗笠《ぬりかさ》を被り、黒装束、黒鞘の大小を差した二人の黒鍬者が駆け込んできて、大声で喚《わめ》く声が断片的に聞こえてきた。

「惣兵衛が……町方に……八丁堀の狐……タイマイ……麻黄……もっと早く……斬っておけば……御前《ごぜん》が……ご立腹……薬研堀……火を放つ……狐の穴……燻《いぶ》り出せ……」

ようやく、惣兵衛が召し捕られた知らせが入ったようだ。

知らせた声も知らされた声も激昂していて、合わせて六、七人の声が、四つ目屋忠兵衛に火を放ち、「狐の穴」から十蔵を燻り出せと叫んでいた。

「伊織……」

十蔵は訊いた。

「角蔵の声は聞こえるか？」

伊織が耳を澄ませ、首を横に振る。

「聞こえません」

「いないのか……」

角蔵がいたら踏み込んで、真っ先に斬り捨てるつもりだった十蔵は、落胆する。

「御前とは、誰のことだ。知らないか?」

「さあ、わかりません」

「そうか、それじゃ、あっちの連中に訊くしかねえか」

刀の下緒《さげお》で襷をかけて、斬り込む支度をはじめる。

「せ、拙者も……」

伊織も襷をかけた。

「加勢いたします」

「家の中はおれ一人がいい。その方が同士討ちを恐れずに剣を振るえる。お前は外へ逃げ出した者を斬ってくれ」

「は、はい!」

「はいって、おめえ……」

十蔵が皮肉な笑みを浮かべた。

「八丁堀の狐が、狙った獲物を一人でも外へ逃がすと思っているのかい?」

大見得を切って物置を出ようとしたとき、伊織に袖を摑まれた。

「狐崎さま、贋狐です！　日比野主膳がやって来ます」

十蔵は、物置の戸の隙間から、はじめて贋狐の姿を見た。

「ちっ、似てねえじゃねえか」

背恰好は似ていたが、十蔵を真似て袷《あわせ》を着流し、編笠、腰に大小、雪駄履きといった恰好は、姿勢が悪くて覇気《はき》がない。

おまけに着物の前が黒く濡れているように見えるのは、どこかで人を斬って、返り血を浴びてきたからだろう。

贋狐は相良屋の寮へ入って行った。

「おや？」

贋狐からすこし遅れて、手拭で頰被りをした伊佐治と鹿蔵が姿を現し、山茶花の生垣を入ってきた。

六

十蔵は胸騒ぎを覚え、伊佐治と鹿蔵を待った。鹿蔵が物置に入ってくる。

「何があった？」

「へい、『大根や』のお蓮が、四つ目屋忠兵衛に逃げ込んで参りました。ところが、そのお蓮を追ってきた贋狐に、警戒をしていた町方の二人の捕り方が斬られてしまいました。一人は胴を両断、もう一人は真っ向唐竹割り。狐の旦那が得意な殺法《さつぽう》にそっくりでした」

〈何がそっくりだ！〉

十蔵は胸中で悲痛な叫びをあげた。

〈おれの馬庭念流秘伝の斬撃は、極悪非道の人非人《にんぴにん》にしか浴びせねえ！　それを面白半分に真似をして、刀も抜かない捕り方を無惨に斬るとは、直参御家人のすることじゃねえ。断じて許さぬぞ！〉

十蔵は歯軋《はぎし》りをして、贋狐の日比野主膳に対する怒りを露にした。

〈すまねえ、三角。おめえの配下を二人も死なせちまった。二人の仇は、おれがこれから討つ、それで勘弁してくれ〉

「お蓮は……」

気を鎮めると、鹿蔵に訊いた。

「どうした？」

「旦那さまが『狐の穴』に匿っております。階段の壁も塞ぎました」

「それでいい。他に怪我人は?」

「いません」

「それはよかった。で、鹿蔵は贋狐を尾《つ》けてきたのか?」

「いいえ、偶然、途中で追いつきました。一瞬、狐の旦那かと思って近づきましたら、血の匂いがして、贋狐の野郎でした」

「そうか。贋狐の日比野大膳は、おれが斬る。鹿蔵、おめえはすまねえが、得意の韋駄天《いだてん》で一っ走りして、北町の三角にこのことを知らせてくれねえか」

「合点《がってん》!」

鹿蔵がすばやく物置を出て行き、十蔵、伊織、伊佐治も戦闘の支度を整え、庭に出た。

隣家との境にある山茶花と呉竹の生垣を乗り越えれば、贋狐と黒鍬者がいる相良屋の寮だ。

十蔵は、顔面蒼白の梶山伊織と、十手を構えて軍鶏《しゃも》のように勇み立っている伊佐治を振り向いた。

「おれが全部斬るつもりだ。が、一人ずつくらいは分けてやる。強そうなのは相手にせず、弱い相手をやっつけろ!　それが喧嘩必勝法だったな、伊佐治？」

「へい、仰るとおりで。あっしがいた博奕打ちの世界では、それが常識でやした」

「伊織、そうだそうだ。無理、すんじゃねえぞ！」

「せ、拙者だって……」

伊織の頬にぱっと血の気がさす。

「二、三人は討って見せます！」

「ま、その意気だ。それじゃ、行くぜ！」

生垣に近づいたとき、隣家から大声が聞こえ、とっさに三人は山茶花の葉の蔭に身を屈めた。

「角蔵、麻黄をよこせ！」

大声は、贋狐の日比野主膳のようだ。

「たわけ！　そのようなもの、もうないわ！」

角蔵は寮にいたのだ。が、商人の言葉遣いではない。

十蔵は伊織を見て、角蔵の声か、と目顔で訊いた。

そうだ、と伊織が頷いた。

相良屋の番頭の角蔵は武士だとわかる。が、その予感は以前からあった。七人の黒鍬者の一人だろう。おそらく角蔵が首領だ。

そういえば池之端の孫六の家で襲われたとき、黒鍬者を名乗る首領は口に綿か何かを含んでいた。声で正体を知られぬためだったのだ。

これで角蔵の、相良屋惣兵衛に対する番頭らしからぬ横柄な態度の説明もついた。

角蔵は反松平定信派の指南役として、相良屋に入り込んでいたのだ。

根津の辰三殺しも、麻黄の密売も、まだ果たしていないが、八丁堀の狐狩りも、絵図は角蔵がすべて描いたものだろう。

十蔵は、音もなく山茶花と呉竹の生垣を乗り越え、相良屋の寮の庭を匍匐《ほふく》して進み、縁側に接近して聞き耳を立てた。

「大人しくよこさねば、腕ずくでも奪う！」

主膳の声が、まるで芝居の桟敷《さじき》にいるように明瞭に聞こえた。

「よいのか、角蔵？　黒鍬だか黒蜘蛛《くも》だか知らないが、おぬしら七人ぐらい、大根よりも簡単に斬って見せるぞ！」

「ほざけ、痴れ者が！　八丁堀の狐も斬れぬくせに、大口を叩きおって。もはや、麻黄中毒の腰抜けに用はないわ」

角蔵も主膳に挑発されて大声になった。

「すでにわれら黒鍬者七人は禄《ろく》を離れ、浪人となって、八丁堀の狐と、老中首座、松平信明の命を狙う刺客となった。

その門出の生贄《いけにえ》に、おぬしを血祭りにあげてくれよう！　有り難くわれらの刃《やいば》を受けるがよい。それっ！　この痴れ者を斬り捨てい！」

「しゃらくせえ！　吼える前に斬ったらどうだ！」

ぶん、と主膳の斬撃の刃音が外まで聞こえた。

「ぎゃあーっ！」

絶叫があがり、ぶん、と二度目の刃音が高鳴った。

「うわああーっ！」

二人目の絶叫があがった。

「油断するな！」

角蔵が怒鳴った。

「相手は一人、押し包め！」

十蔵はそれを聞いて呆れ返り、角蔵は闘い方を知らぬと思った。

〈狭い家の中で押し包もうとすれば、主膳の思う壺、横に薙ぐ剣を存分に振るわれて、みんな斬られる。もっとも……〉

複雑な表情になる。

〈敵同士が斬り合って手負ってくれりゃ、こっちは楽でいい。が、そんなに都合よくは運ばないだろう。もう一人斬られりゃ、角蔵が止めても黒鍬者は逃げ出してくる〉

十蔵は起きあがり、刀を抜いて肩に担ぐ。伊織と伊佐治も戦闘態勢に入った。が、中の連中は気づかない。

「うぎゃあーっ！」

三人目の絶叫があがった。

「引け！　庭に出て、押し包め！」

角蔵が叫んだ。やっと気づいたようだ。が、もう遅い。死に体《たい》ついでだ、あと一人か二人、主膳に斬られるがよかろう、と狐の知恵を働かせた。庭に出られなくしてやろう。

「おれは北町奉行所与力、狐崎十蔵だ！」

大音声をあげて、大刀を八双に構えた。

「天下の大悪党、相良屋惣兵衛一味の残党ども、一人も逃がしはせぬぞ。神妙に縛《ばく》につけい！」

「げっ！」

黒装束の四人が、縁側で蹈鞴《たたら》を踏んで立ち竦《すく》んだ。中に黒覆面をした者が一人いた。それが首領の角蔵のようだ。

「これはこれはようこそ、八丁堀の狐どの……」

四人の後方に、日比野主膳の血に酔った顔が現れた。

「こやつらは、おぬしと老中松平信明の命を狙っておる。召し捕るなど愚の骨《こっ》頂《ちょう》。即刻、成敗することだ。この日比野主膳が助勢いたそう！」

前後から挟撃《きょうげき》された形の黒装束の四人が狼狽《うろた》える。

結束を失い、一人が絶望的な声をあげて後方の主膳に斬りかかり、二人が縁側から庭に飛びおり、黒覆面の角蔵一人が縁側に踏みとどまった。

「むぎゃあーっ！」

主膳に斬りかかった黒装束が、腹を裂かれて絶叫をあげた。

縁側から飛びおりた二人の前には、十蔵と伊織と伊佐治が立ちはだかった。

「きええーっ！」

十蔵は裂帛の気合いを発し、八双の構えから、迅《はや》い剣を袈裟懸けに斬りおろした。

「うわあーっ！」

黒装束が血飛沫をあげて倒れた。

「ええい！」

伊織も気合いを発し、がむしゃらに刀を振って、相手に手傷を負わせた。

「ひゃあーっ！」

黒装束が悲鳴をあげて逃げ出す。と、伊佐治が追った。

「待ちゃあがれ！」

追いつき、十手で刀を叩き落とした。

「神妙にしろい！」

無駄のない動きで組み敷いて、縄を打った。

「伊佐治！」

十蔵の声がした。伊佐治は褒められると思った、が、違った。十蔵の声は切迫していた。危険を知らせる響きがあった。

「前へ跳べ！」

伊佐治はとっさに、小柄な体を丸くして、前方に転がった。ころころころと転がって、起きあがった。

起倒流柔術の受身の応用だった。

振り向くと、伊佐治がいた場所で白刃が煌《きら》めき、絶叫と血飛沫《ちしぶき》があがった。

斬ったのは黒覆面の角蔵で、斬られたのは、伊佐治に縄を打たれた黒鍬者だった。生き証人を残さないためだろうが、危うく伊佐治も道連れにされるところだったのだ。

「仲間を斬るとは、非情なものだな」

十蔵が、伊佐治と角蔵の間に、割って入った。

「こうなったら、首領のおめえも生きちゃいられめえ。おれが斬ってやろう。礼はいらねえぜ！」

「ふん、ようやく本物の狐のお出ましか。まんまと化かしたつもりだろうが、くくく、抜かったな……」

角蔵が笑った。覆面でその表情はわからない。

「八丁堀の狐も、尻尾《しっぽ》を見せたが運の尽き、おぬしを冥途《めいど》の道連れにしてやろう」

角蔵が、仲間の血の滴る刀を、青眼に構えた。

そのまま微動だにしない。

勝ちを捨てた、相打ちの構えだ。

十蔵は迂闊《うかつ》に動けない。先に動いた方が不利になる。押すことも引くことも難しかった。

そのとき、贋狐の姿が、目の端を過《よぎ》った。

十蔵の背筋が凍った。

〈二人とも贋狐に斬られる！〉

角蔵は中段に構えた十蔵の刀刃《とうじん》の動きしか見ていない。鈍く光る剣尖《けんせん》の動きに合わせて、自分の刀を突き出すことだけに神経を集中していた。

十蔵は刀柄《とうへい》から右手を離し、左手に刀を残したまま、だらりと両腕を垂らした。

ぴくり！

角蔵の体が動いた。が、刀を突き出せない。いま突き出せば、先に仕掛けた形になり、かわされて、斬られる。

むむう！

意表を衝かれ、角蔵が唸った。

十蔵は、だらりと両腕を垂らしたまま、じりっと角蔵に迫った。

〈さあ、斬ってこい！〉

無言の圧力をかけた。じりっ、じりっと間合いを詰めて行き、極限まで詰めたとき、刀柄に右手を添えた。

ぶるる！

角蔵の体が震え、弾かれたように刀を振るった。

「いええーっ！」

甲高い気合いを発し、刀刃を煌《きら》めかせて十蔵の頭上を襲った。が、それより迅い十蔵の一閃が、地から天に向けて抜けていた。

「きええーっ！」

気合いが追いついてきて、股を裂かれた角蔵が、どうと倒れた。

すかさず、贋狐の姿を求めた。いない。どこかに隠れたか、逃げ去ったようだ。

十蔵は角蔵の黒覆面を剝いだ。町人髷の顔が現れた。苦悶の表情だが、股を裂いても、すぐには死なない。が、絶対に助からない。

「おぬし、何者だ？　姓名を名乗れば、武士として弔《とむら》ってやろう」

「てまえ……は……相良屋の番頭の角蔵……です」

「偽りを申すな！」

十蔵が鋭く言った。

「相良屋惣兵衛は、角蔵にはとっくに暇《いとま》を出したと申したぞ」

すると角蔵は、唇を歪めて笑った。

「ぐふふ、相良屋惣兵衛も所詮《しょせん》は商人、土壇場で逃げおったか。……が、誰が何と申そうが、てまえは相良屋の番頭、角蔵……でございますよ」

「ならばそういたそう」

十蔵も死に行く者には優しい。が、どうしても訊いておきたいことがあった。

「角蔵、此度《こたび》のことならいざ知らず、昔のことまで墓に持って行く義理もなかろう。一つだけ、教えてくれぬか」

「ぐふふ、言って……みろ」

「二十年前、おれの父、北町奉行所与力の狐崎重蔵を斬ったのも、おぬしら黒鍬者か？」

「そのような……こと、わしは知らぬな」

明らかに知っている口ぶりだった。

「誰の指図で狐崎家を潰そうとする？　若年寄か、老中か、御三家《ごさんけ》か、御三卿《ごさんきよう》か。それとも公方さまか？」

「ぐふふ、そんなに知りたい……か？　うぐっ！」

角蔵が血を吐いた。

「教えてやろう」

角蔵が何か呟《つぶや》いた。

「……」

「誰だ？」

「ご……」

御三家か、御三卿と言ったのか。

「ご、何だ？」

十蔵は角蔵の口に耳を寄せた。と、角蔵の唇が、奇妙に歪んだ。笑ったようだ。

ぞくっとした。とっさに角蔵を突き飛ばし、思い切り体を捻った。

きらっ！

角蔵の手で小柄《こづか》が光るのが見えた。

「うぐっ！」

脇腹に痛みが走って、角蔵が突き出した小柄が脇腹の皮を厚めに縫っていた。

不覚だった。が、大事はなさそうだ。

脇腹から入った小柄の切っ先は臍《へそ》の脇に抜けていて、内臓には達していない。

小柄を抜かなければ、出血もほとんどないだろう。このまま玄庵《げんあん》への土産にしよう。玄庵とは八丁堀の狐崎家の屋敷内で開業する町医者だ。

「ぐふふ！」

角蔵が顔を歪ませて笑った。

「くそっ！」

十蔵は角蔵の喉に肘《ひじ》を打ち込んだ。

ぐしゃっ！

不気味な音がして、首の骨が砕ける。

「ぐえっ！」

角蔵の断末魔の声が響いた。

「敵ながら、天晴《あっぱ》れな野郎だぜ」

十蔵は、小柄を撫でた。

「もしこいつに毒が塗ってあったら、おれもお陀仏《だぶつ》ってことだ。へっ、狐が死に損ないの人間に騙されてりゃ、ざまあねえぜ」

小柄が入った傷口を手拭で押さえて、体の変化を待つ。毒物の苦痛も痺《しび》れもこない。どうやら毒は塗ってなかったようだ。

「抜かったな、角蔵……」

十蔵は、安堵して呟いた。

「お蔭で命拾いをしたぜ」

そのとき、後方で絶叫があがった。

「ぎゃあーっ！」

これで何人目の絶叫か。もう、そんな声をあげる者はいないはずだった。

「あっ、贋狐だ！」

伊佐治が叫んだ。

「狐の旦那！　梶山の旦那が、き、斬られやした！　お気をつけなすって、に、贋狐が、そっちへ行きやしたぜ！」

十蔵は振り向き、日比野主膳の姿を捉えて慄然《りつぜん》となった。

返り血を浴びて真っ赤に染まった主膳は、とてつもなく大きく見えた。

〈鬼だ！〉

〈剣鬼《けんき》だ！〉

日比野主膳は、両国薬研堀で捕り方を二人斬り、相良屋の寮で黒鍬組を四人斬り、今、同心の梶山伊織を斬った。

七人をいずれも初太刀《しょだち》で斬っていた。

踏み込みが鋭く、迅《はや》い剣ということだ。

そして殺戮《さつりく》の神が憑《つ》いていた。それとも麻黄の神通力か。

いま、この男と真剣勝負をして、勝てる者はいないだろう。

十蔵もできれば勝負を後日にまわしたかった。が、すでに蛇に睨まれた蛙で、二進《にっち》も三進《さっち》もいかなかった。

「八丁堀の狐、覚悟！」

主膳が八双に構えた。

八丁堀の狐の得意な構えの真似だ。

贋狐は、真似た構えの初太刀で、本物を斬るつもりなのだ。

〈冗談じゃねえぜ！　本物が贋物に負けるわけにゃ、いかねえんだよ！〉

十蔵は、横たわる角蔵の死体を背にして立ち、腰を引いて重心を後ろ足に置いた、一見蛙《かえる》のような不恰好な構えになった。

〈さあ、どっからでも、かかってきやあがれ！〉

これこそ、馬庭念流の神髄である専守防衛の構えだった。

「ひゃはは、八丁堀の狐、その構えは何だ？　笑止千万《しようしせんばん》！　それでわしの初太刀を防げると思っているのか！」

主膳は勝ち誇り、十蔵を嘲笑《ちようしよう》した。

「ひゃひゃひゃ、おぬしも終わったな、狐崎十蔵！　死ぬ前に、一つだけ、教えろ」

「何だ？」

「和泉橋の夜鷹蕎麦屋の親父は、どうしてわしを贋狐と見破った？」

「おれは十手の色を、赤から黒に変えていたのさ」

「ひゃはは、なんだ、それじゃ、ばれて当然だわ！」

一瞬、主膳の気が緩《ゆる》んだ。

十蔵には、そう見えた。すかさず、その虚を衝いた。

「きえぇーっ！」

裂帛の気合いを発して、蛙のような不恰好な構えから、刀を上段に振りあげ、角蔵の死体を跨いで後方へ跳んだ。

「しゃあーっ！」

主膳も負けじと気合いを発し、初太刀で仕留めんと、後方へ跳んだ十蔵の体を追って大きく踏み込んだ。が、踏み込んだ主膳の足下には、角蔵の死体が横たわっている。死体を踏んで、転んだ。

主膳の必殺の初太刀は、十蔵の窮余《きゅうよ》の一策《いっさく》に嵌《はま》って虚しく空を斬り、七人の返り血を浴びた主膳の首が、上段から振りおろされた十蔵の刀刃の下に差し伸べられていた。

「ひ、卑怯！」

主膳が最期に叫んだ。

「相手を化かす狐剣《きつねけん》に……」

ばしゃっと首を落とした後で、十蔵が返した。

「卑怯も糞もねえ！　どんな手を遣おうが、悪党に勝たせねえのが町方の意地よ。ようく、覚えておきやがれ！」

ところが、せっかく切った小気味のいい啖呵《たんか》も、生きてそれを聞いている悪党は、一人も残っていなかった。

十蔵の脇腹の傷は、大したことはなかった。が、お吉は水垢離《みずごり》をして神仏に平癒《へいゆ》を祈願した。

お蓮は、主膳が死んだと聞くと、根津門前町の「大根や」に戻ると言った。

「あたしにゃ、あそこが一番さ。それがわかっただけでも、足抜けをしてよかったと思っているよ」

十蔵は、「大根や」の楼主新右衛門宛ての、一連の事件の結果を記した書状を猪吉に持たせ、見世までお蓮に付添《つきそ》わせた。それですこしはお蓮の足抜けの折檻《せっかん》に手心が加えられるだろう。

猪吉は、お蓮を送ったついでに、二代目根津の辰三親方の細工場に寄るつもりだ。閨の媚薬、秘具を詰めた「魂胆遣曲道具《こんたんやりくり》」の行李を背負い、嬉々として出かけて行った。

＊この作品は双葉文庫のために
書き下ろされたものです。

双葉文庫

ま-08-14

八丁堀《はっちょうぼり》の狐《きつね》

鬼火《おにび》

2007年9月20日　第1刷発行

【著者】
松本賢吾《まつもとけんご》

【発行者】
佐藤俊行

【発行所】
株式会社双葉社
〒162-8540 東京都新宿区東五軒町3番28号
[電話]03-5261-4818(営業) 03-5261-4833(編集)
[振替]00180-6-117299
http://www.futabasha.co.jp/
(双葉社の書籍・コミックが買えます)

【印刷所】
慶昌堂印刷株式会社

【製本所】
株式会社若林製本工場

【表紙・扉絵】南伸坊
【フォーマット・デザイン】日下潤一
【フォーマットデジタル印字】飯塚隆士

ISBN978-4-575-66299-3 C0193